妻が遺した一枚のレシピ

あさやけベーカリー
あさやけ子ども食堂　店主
山田和夫

青志社

毎週水曜日に「あさやけベーカリー」をオープン、焼き立てのパンを提供。
スタッフに囲まれて(後方中央が僕)至福のひととき。

「こんがりパンや」を通して
和子が残してくれたものは大きい。

和子の遺影。
僕が最も好きな
笑顔の写真。

我が家のハクモクレンの樹。

妻が遺した一枚のレシピ

目次

第二章　和子がいた日々

第三章　和子の旅立ち

第四章　ひとりぼっち

第五章　あさやけベーカリーと子ども食堂

第六章　和子、再び――

本文で掲載しました山田和子さんの日記、
手紙等と山田和夫さんの作文は、すべて原文ママです。

序章

もくれんカフェ

もくれんカフェ

わが家の門の脇に、大きな一本のハクモクレンの木がある。確か、僕の兄貴が結婚する時に植えた木だと記憶している。もう四十年以上前のことで、そのときは小さな苗木だったのに、枝をぐんぐん伸ばし、今では庭を覆い尽くすほどに大きくなった。

毎年、三月二十日ごろ、春分の日の前後になると、このハクモクレンが満開になる。余計な剪定を一切していないため、丸くこんもりと枝を広げ、これがなかなか見応えがあり、家の前を通りかかる人たちが足を止め、美しく咲くモクレンをしばらく見上げる。

妻の和子《かずこ》は、いつからか、モクレンの花が咲くと庭先に椅子を並べ、美味しい珈琲をポットに入れて、「もくれんカフェ」という看板を出すようになった。その頃は、庭もよく手入れされ、季節によっていろいろな花が咲いていた。何の花だったかな。僕は花の名前を覚えるのが苦手だが、季節を感じる庭だったことは覚えている。

カフェといっても、いろいろなメニューを取り揃えているわけではなく、庭先に座ってセルフサービスでポットの珈琲を飲みながら、春のひとときをゆっくり楽しんでもらおうという趣向でオープンしたのだった。

和子は、もくれんカフェについてこんなことをノートに書き留めていた。

「パンと一緒に、ちょっとした生活の喜びも味わっていただけたら……」

道ばたでモクレンを見上げている人たちを迎え入れ、ひとときを楽しんでもらえるような時間を作りたいと思ったのだろう。

いつも誰かのことを気にとめて考える、和子はそういう女性だった。

今年、その和子の七回忌を迎える。

この春も、モクレンは美しく咲き、みんなをなごませ、楽しませてくれた。


二〇一五年三月、水曜日の朝。

僕は四時に起き出した。外はまだ暗く、肌寒い。寝室から出ると、家はしんと静まり返っている。階段を降り、リビングで石油ストーブを点け、部屋を暖める。

窓の外を見ると、薄暗い中にモクレンの白い花が淡く浮き上がっている。

毎週水曜日、「池袋あさやけベーカリー」を開いてホームレスの人々のためにパンを焼いて提供し、そして、隔週の同じ水曜日の夕方に「要町あさやけ子ども食堂」を開き、何らかの理由で一人きりで夕食を食べている子どもたちのために、一人でも気軽に入れる食堂を提供している。家庭的な雰囲気のなか、子どもたちが一食三百円ほどでバランスのよい美味しい食事をとることができるように考えている。

そういえば、子ども食堂をオープンさせたのも、モクレンが満開の日だった。あれから三年が経つ。

今日もきっと、たくさんのボランティアの方や子どもたちがわが家を訪ねてくれるのだろう。

薄暗い中で静かに光るモクレンを見ているうちに、ライティングしようと思いつき、工夫してライトを取りつけた。

スイッチを入れると、モクレンの白さがパァッと際立った。

「いいんじゃないの」

薄暗い空を背に、白く光るモクレンが眩しく、美しく輝きはじめた。

〈夕方から子ども食堂にくる子どもたち、ライトアップされたモクレンに気付くかな〉

そんなことを考えながら、子どもたちの来店に備え、家の中の片付けに向かう。

子ども食堂は一階も二階も行き来は自由。食事を終えた子どもたちが家の中を走り回り、押し入れに入って遊んだり、部屋で野球ごっこをしたりして、何が壊れても不思議ではない状況だ。あちこちの部屋に少しずつ散らばったものを集めて、唯一、立ち入り禁止の僕の寝室に放り込めば片付けはおわり。それだけでもひと苦労。

空が白んできた。今日は朝焼けになるかな。

こうして、にぎやかな一日が始まっていく。

パンを焼く

和子は生前、わが家の玄関でパン屋をやっていた。

玄関のドアを開けたら、靴箱の上に作りたてのパンが並んでいて、奥から「いらっしゃいませ」と声がかかる、そんなパン屋だった。少し改装して、お店らしい棚など付けていたが、それでも、玄関には変わりなかった。

店の名前は「こんがりパンや」。

天然酵母にこだわった、意外と人気のパン屋だった。

最初はパン好きの和子の仲間が集まって、趣味の延長のような形で、始まったが、その後どんどん口コミで広がり、雑誌やテレビから取材が来るようにもなり、地域の人だけでなく、遠くからもお客さんがパンを買いに来るようになっていった。

僕と和子、息子が二人、さらに僕の両親が共に暮らす東京の下町の六人家族の普通の家の台所が和子の仕事場である。

和子は早朝二時には起き出し、三時には仲間の女性スタッフが、リビングのガラス戸からそっと入って合流する。そして、黙々とパンを作り始める。いま思えば、なんとも不思議な光景だった。でもそれが、パン屋を初めてから六年前に閉めるまでの二十年間のわが家の日常だったのである。

朝七時半には開店していたから、和子たちはそれまでは息つく暇もなかったようだ。その忙しそうな台所を横目に、家族は普通に起きて、リビングで朝食を食べる。僕も息子たちも両親も、パンよりはご飯が好き。醬油味が好き。毎朝、焼きたてパンの香りの中で味噌汁を飲んだものだった。

そんなこんがりパンやは、和子の体調が悪くなって閉店してしまった。しかし、そのあとも、一緒にパンを焼いていた和子の仲間たちが、隣駅でパン屋を開いてこんがりパンやの味を引き継いでくれているようだ。

こんがりパンやを閉めたあとも、わが家のリビングには、パンを焼くための大きな大きなオーブンが相変わらず陣取っていた。リビングといっても、くつろぐためのソファなどはない。おしゃれなガラストップだったテーブルも、いつの間にかステンレスの天板に覆われ、パンをこねるのに適した台にリフォームされたままだ。

いまでは僕が、そのオーブンとテーブルを使って、毎週水曜日、「あさやけベーカリー」を開いてパンを焼いている。

焼いたパンは、路上生活をする人たちの自立を支援する「てのはし」というボランティア団体を通じて池袋のホームレスの人たちに一部を配ったり、夕方からの子どもたちが安心して一人で入れる「あさやけ子ども食堂」で販売したりしている。

通常の水曜日は午後一時くらいに、「子ども食堂」がある週には十二時すぎにパン作りを手伝ってくれる人たちがわが家に集まって来る。

とはいっても、実際に時間どおりにきちんと集まるのは半分くらいで、みなさん、その日の気分や天気によって、好きな時間にやってくる。

「来る者拒まず、去る者追わず」

そんな感覚だから続いているのだろう。仕事として取り組もうと思っていたら、続かなかったかもしれない。

粉を量って、混ぜる、発酵させる。パン生地の重さを量って、分けて丸める。丸めてまた発酵させる。

パンを焼くまでにはいろいろな準備を決まった順番に進めていかなければならない。発酵のタイミングがあるから、あまりのんびりもしていられない。それぞれが分担しながら、てきぱきと作業を進めなければならない。

生地を発酵させる間の待ち時間には、炊いておいた二升のご飯でおにぎりを作る。おにぎりも、ホームレスの人たちに届けるためのものだ。

ご飯を量って、漬物を入れて握る。ご飯を量る人、握る人、それを並べる人。それぞれが黙々と作業をしていく。

夕方にはこうしてできたパンやおにぎりが、ホームレスの人たちの手に渡り、ここに手伝いにきてくれた人たちも、残ったパンを分け合って持ち帰っている。それが手伝ってくれたささやかなお礼である。

手伝いに来てくれる人も、人数はその日によって違う。

ホームレスだった人もいるし、また心と身体に障がいを持った人もいる。彼らの支援者も来て手伝ってくれる。毎週、ある程度決まった顔ぶれが揃《そろ》うが、一度来ても次からは来なくなる人もいれば、忘れた頃にふらっと顔を出す人もいる。でもまあ、それでいいと思っている。

パンを作るという目的で、集まれる場所になればいい。パンにはノータッチで器具や食器を洗うだけの人もいるし、おせんべい食べてお茶を飲んでいるだけの人もいる。でも、ここに来れば知った顔がいて、軽口を言い合ったり、何でもないことで笑い合ったりできる。

なにげない時間を共にする。それだけで、みんなは幸せそうな笑顔を浮かべる。もちろん、僕もその一人だ。

妻の残したレシピ

パンを焼くきっかけは、妻の和子が残した一枚のパンのレシピだった。

和子ががんで逝《い》ったのは、六年前の二〇〇九年（平成二十一年）の八月二十四日だった。亡くなる二、三週間ほど前、すでに、家で寝たきりになっていた和子が、突然、僕にこんなことを言った。

「お願い、パンを焼いてくれない？」

和子は生前、路上生活をしている人たちのために、パンを無料で配ることを始めていた。こんがりパンやでその日、売れ残ったパンや追加で作ったパンを夕方に支援団体の人が受け取り、配っているようだった。

体調が悪くなり路上生活をしている人たちに配ることができなくなっていたことが、気にかかっていたのだろう。

僕は和子に言った。

「それは無理だよ、パンを焼くなんて……」

こんがりパンやでも、人手が足りないときや手伝えるときには、粉を量ったり、混ぜたり、単純な作業を部分的に手伝ったことは何度かあったし、こんがりパンやを運営するために必要な、調理師の免許も僕が一応持っていた。

だけど、パンを焼くための全体の流れも知らないし、一人でパンを焼くなんて考えたこともなかった。

「どうやって焼けばいいか僕はわからないよ」

布団に横たわり、体は辛そうだったが、和子は諦める様子はない。

「大丈夫、簡単よ。あなたならできる」

そういって、上火が何度、下火が何度、一時発酵、成型、焼成、二次発酵……。と口頭で説明を始める。それを聞いてもまるっきりわからない。僕には手に負えない。

「そんなポンポン言われたってさ、できないよ」

「そう……。わかった」

和子はさびしそうにして、いったんは引き下がったものの、数日後、私に一枚の紙を差し出した。

「あなたでも焼けるレシピを考えたの」

渡された紙を見ると、和子のいつものていねいな字で、簡単なパンのレシピが鉛筆で書かれ、B5のコピー用紙一枚に収まっている。

「ここに書いてある通りにやればできるでしょ?」

僕にとっては、「むちゃぶり」にしか聞こえなかったが、和子は本気だった。本気度はテコでも動かない感じで、僕に断る道は残されていなかった。そのまま、和子の本気のお願いに押し切られてしまった。

「そうだね。やってみるよ」

そう言ってそのレシピを受け取った。

しかし結局、和子の看護に時間をとられ、生前中にパンを焼いてみせる機会は、一度もなかった。

でも、和子が書いたこのレシピが、そのあと、僕の背中を押してくれたのである。

僕がこのレシピを見て、ひとりでパンを作り始めたのは、和子が亡くなってから半年後のことだった。

和子にもらった一枚のレシピだけを頼りに、オーブンや冷蔵庫に貼って、何度も何度も見ながらパンを作ってみた。

やがて、和子が書いたものはボロボロになってしまった。

和子と僕のあいだには二人の息子がいる。

長男家族は群馬に住んでいる。母が亡くなり、父が亡くなり、和子が亡くなり、その後、原発事故の影響で次男家族は関西に移住してしまった。

六人家族だったわが家。パン職人が早朝から集い、パンをこねる音や笑い声であふれていたわが家。パンを買いにくるお客さんたちでにぎわっていたわが家。

その家に、たった一人になってしまった。

和子が亡くなる年の三月、僕は六十歳できりがいいからと長く勤めていた会社を辞めていた。こんがりパンやを少し手伝いながら、のんびりと残りの人生を和子と一緒に楽しもう、そんなささやかな夢を持っていた。

それなのに和子が突然いなくなった。

退職し、仕事をやめた僕のところには誰からも電話もかかってこないし、誰も訪ねてこない、これは辛かった。

時折、人が訪ねてきても、それはこんがりパンやのパンを求めてやって来たお客さんだった。こんがりパンやのパンを食べたいと言って閉まっていることを知らずに訪ねる人たちだけだった。たまにかかってくる電話も、郵便物も、どれも和子宛のものばかり。

晴れた日も、雨の日も、一人きり。

夜は深く長く、朝がくるとは思えなかったほどだった。

毎週水曜日だけオープンする「あさやけベーカリー」は、路上生活をしている人たちへ配るパンと、玄関で一般のお客にも販売するパンを作っている。スタッフは、元ホームレスの人たちと、ボランティアの人たちで構成。

あのときはどん底だったのかもしれない。

誰にも言わずに一人きりで始めたパン作りだったが、今では、わが家にはたくさんの人が集まって来るようになった。

ホームレスだった人たちは純粋で、気のいい人たちで、最初はお互いに緊張していたけれど、今では軽口をたたき合い、たわいもない話に盛り上がる。

月に二回の子ども食堂には、調理を担当してくれるスタッフに加え、ボランティアをしたいという大学生からお年寄りまで来てくれ、老若男女が入り交じってにぎやかだ。毎回、新しい人が飛び込みでボランティアに加わったり、遠方から視察に訪れたりして輪がどんどん広がっていっている。

子ども食堂がオープンする夕方の五時を過ぎると、赤ちゃんから小学生、お母さんたちが立ち寄ってくれる。親の帰宅が遅く、夕食を一人で食べていたという子、不登校だった子、赤ちゃん連れのシングルマザー、みんなでひとつ屋根の下で一緒のご飯を食べる。

食べた後は、子どもたちが階段を上ったり降りたり。段ボールハウスの秘密基地やおばけごっこが始まる。

パンを焼く香り。美味しい食事の香り。味噌汁の暖かい湯気。子どもたちの楽しそうな声。お母さんたち、スタッフ、手伝いに来てくれる人たちの話し声や笑顔で家中がいっぱいになる。

いつもはシーンとしている家が、みなさんの居場所になっている。

静かだった家がにぎやかになって、こんなに幸せなことはない。

和子が大好きだったハクモクレンは、今年も美しく咲いて、そんなわが家を見守ってくれているようだ。

和子は、空の上からこんな光景をどんな思いで見つめているのだろう——。

「どう、和子ちゃん」

そーっと聞いてみたい。

第一章

こんがりパンや

玄関先のパン屋さん

僕に今、こうしてたくさんの人との出会いやつながりをもたらしてくれたパン。それは、和子の残してくれた「一枚のレシピ」のおかげだと思う。

和子はなぜ僕に「パンを作ってほしい」と言い残したのか。その答えは、和子とパンの関係をもう一度振り返らなければわからないような気がする。和子にとってパンは、彼女の人生の大部分を占める大切な存在だった。

和子は、一九五二年（昭和二十七年）山形県米沢市で生まれた。新潟の短大を卒業後、上京して僕が働いていた会社に就職した和子は、結婚を機に仕事を辞めて専業主婦となった。和子は元来、好奇心旺盛で勉強熱心だった。学生時代には食事中も教科書を離さなかった、という逸話を和子の親せきから聞いていたし、職場では一生懸命に仕事をしている姿を見ていた。

子育てが一段落した頃、和子が「私も何か始めたいな」と言い出した。

僕は和子のそういった思いはウェルカムだったから、「どうせ何か始めるのなら、主婦の暇つぶしのようなことではなく、何か、世の中のためになるようなことを本気でやってみるのがいいんじゃないか」と話した記憶がある。和子はやり始めたらとことん突き進む人だということは十分にわかっていたから、やはりやるからには本気で取り組んだほうがよいと考えた。それに、和子がより人間として磨かれてほしいという思いがあった。

「結果的に利益が出ないかもしれないけど、お金を出して何かを買ってもらうということが、どういうことか試してみるのもいいね。やりがいがあるんじゃない？」

そんな風にアドバイスをした。和子は、「そうね」といって、何をしようかと考えをめぐらせていたようだ。

和子も僕も、そのときはすぐにパン屋を思いつかなかった。わが家はみんなパンよりご飯で、パン作りをしようというアイデアは全く浮かばなかった。

そんなある日、和子の友だちから声がかかった。

「今度、ガレージセールをするから、みんなでパンも作って売ってみない？」

そのひと言が、和子の新たなスタートのヒントになり、パン作りに出会うことになる。和子を含むPTA仲間四人は、それぞれが各家庭で趣味としてパンを焼いて楽しんでいたようだ。

わが家には、システムキッチンに備え付けの家庭用ガスオーブンがあったが、母がせいぜい焼き芋を焼く時くらいしか使ったことがなく、せっかくの機能を使いこなせていなかった。いつの頃からか、和子が時折、そのオーブンで家族のために食パンを焼き始めていた。

とはいえ、パンを焼いてもあまりいい反応がないわが家では、作り甲斐がなかったのかもしれない。和子たち四人は、お互いにパン作りが好きだと知ると、パンを作って味見をしたりするようになった。四人の主婦たちがそれぞれにパンを焼くと、それなりの量が焼き上がる。そのうちに、家族や知り合いだけでは食べきれなくなった。焼いたパンが残ればもったいないし、パンの腕もまだまだ磨きたい。

そんななか、ガレージセールでパンを販売するというアイデアはなかなかいい思いつきだった。販売したところ、これが大変好評で、パンはみるみるうちに完売した。彼女たちはそこに、ビジネスの光明を見いだしたのだろう。

「注文を取って、宅配するのはどうかしら」

四人の意見がまとまった。

一九八九年十月（平成元年）、最初は八人の知り合いから注文を受け、宅配をするところからスタートした。彼女たちが集まってパンを焼く場所は、わが家に決まった。わが家は一軒家だったし、和子がやりたいということに反対する者は誰もいなかったので、都合がよかったのだろう。

最初はごく普通の家庭で作るパンを焼いていた。和子も、その仲間のみなさんも、「さあ、パン屋を始めるぞ」といった意気込みはなく、「パンを売ってみたいよね」という思いつきから始めたというのが本当のところではないかと思う。

それから八年後の一九九七年（平成九年）、二十一歳になった長男元和《げんな》は、こんがりパンやが本格的なお店になってから取材を受けた『暮しの手帖』という雑誌に、こう語っている。

「母は趣味でパンを焼いていました。ぼくは、子どもの頃からパンを食べさせられつづけたものですから、じつは、あまりパンが好きではないんです。それで、パンを売り始めると聞いて、正直なところ『もう、パンを食べなくてすむな』と思いました」

息子でさえこんな反応だったから、僕も両親も、和子がパン屋を開業したとか、事業を始めたとは捉えておらず、「和子ちゃんのパンを美味しいと言って食べてくれる人がいてよかったね」という具合で見守っていた。

そのうちに「美味しい」という口コミが徐々に広がって、最初に注文を受けていた人の友人や知人の間で「ぜひ買いたい」という人がだんだんと増えていった。

最初は宅配だけだったが、注文の数が増えて配達が大変になり、いつからか、「玄関に置いておくから、都合のいいときに取りに来て」ということになり、それが玄関でパンを販売するはじまりとなったのである。

活動資金にと、和子の三人の仲間が一人五千円ずつを出し合い、僕からは軍資金として二万円を渡した。営業日は週に二回。毎週木曜日と金曜日だけの「こんがりパンや」は、開店する日には、玄関の前に、張り紙を一枚出していた。

「焼きたてのパンあります。どうぞお気軽にお入りください」

子どもたちはまだ小学生だったので、春休み、夏休み、冬休みには長期間休業していた。子どもたちが同じ学校だったので、創立記念日もお休みにしていたようだった。スタッフの子弟に受験生が多い年には、入試シーズンの二月も休業していた。

週に二回しか開店しないことや、子どもの休みに合わせて長期休暇をとっていたから本格的に店を構えることは無理だった。家族の予定に合わせて自由に休めたから、スタッフ全員が、家とパン屋を無理なく両立できたようだ。しかしやがて、本格的なパン屋として、忙しくなっていった。

こんがりパンやについて、和子は創業当時を振り返ってこんなことを書き残している。

こんがりパンやは、池袋にほど近い要町の住宅街で一九八九年に創業しました。パンづくりが趣味のＰＴＡの仲間四人が中心となって、八人のお客さんに宅配することから始まったのです。やがて口コミで注文が増え、手がまわらなくなってきてしまい、自宅の玄関で販売することになりました。

当初は、週二日の営業でしたが、一九九九年九月に週四日になり、二〇〇三年九月からは、週五日の営業をしております。
九十九年に店舗らしく改装しましたが、
主婦が集まってパンを焼き、
自宅の玄関で販売をするというスタイルは今でも変わりません。
家賃がかからないということはその分、パンの値段が押さえられ、みなさんに、おいしいパンを安心して食べてもらえる機会が広がります。
そして主婦という立場から、家族の面倒を見る必要がありましたし、そしてなによりも、自分の好きな庭を眺めながら仕事ができることが嬉しかったです。
その反面、パンづくりに集中できないときもありますが……。

月々の給料はそれぞれが働いた時間に比例するように計算しても、半分ボランティアのような、趣味のような状態だったようだ。自分たちの利益はさておき、食材にこだわり抜いている様子があり、商売として成り立つとはとても思えなかった。きっと、「パン屋で商売を成功させよう！」と考えていたら、そんな状況では怖くて開業できなかっただろう。僕だったら絶対にできない。彼女たちはまさに、怖いもの知らずの強者《つわもの》たちだった。

台所がパン工房に

近所の人や知り合い、ＰＴＡのつながりや、長男に至っては通学している中学校の職員室で注文をとってきたりすることもあり、お客さんはみるみるうちに増えていった。

人気が出てくれれば、パンもこれまで以上にたくさん焼かなければならない。わが家の家庭用のガスオーブンだけでは、追いつかなくなり、そこで一年後、業務用のオーブン二台と、パン生地を醗酵させるホイロという機械を購入し、台所も改装することになった。

そのときの記憶も、長男には鮮明に残っていたようだ。

「はじめは、オバサンではムリだと思いました。趣味のパン作りから始まったんですが、ゼンゼン利益は上がらないし、キッチンを改造したから、家の中は居間だかパン工場だかわからないし」

「ぼくは、あんまりパンが好きじゃないんですけど、業務用の大型パン焼き機を買ったとき、この家は、もはやパン屋になったと実感しました」

（「暮しの手帖」一九九七年七月二十五日　七十五号より）

それ以来、すっかりパン工房になってしまったダイニングキッチンだが、以前は食卓があり、家族の食事のスペースでもあった。隣接するリビングにはソファーもあって、テレビや流行りの音響システムもそれなりに揃えてあり、ごく普通の家庭のLDKだった。

それが、いつの間にかリビングのソファが無くなり、テレビやこだわりのスピーカーも片付けられ、ダイニングの食卓はリビングに移動されてしまった。食卓は三枚のガラスが入ったおしゃれなテーブルだったが、それもいつのまにかステンレス製の天板がつき、パン生地をこね、成型するのに便利な道具に変わってしまった。

「このテーブル、せっかく洒落てたのになあ」

僕が残念そうにそう言うと、和子はいつもの笑顔で、

「大丈夫よ。ほら、食事のときにはテーブルクロスをかければ素敵でしょ？」

と、手際よくクロスをかけて納得させる。和子の所作はたいしたものだった。

こんがりパンやが開店する朝にはダイニングとリビングの間の仕切りの扉を閉める。ダイニングでは早朝から集まった和子の仲間たちがパンをこね、リビングではパンの焼ける香りに包まれながら、テーブルクロスをかけて素敵になったテーブルで、僕たちが和食を粛々といただくという、山田家の不思議な光景が繰り広げられるようになった。

不思議と言っても、僕たち家族にとってはごく普通のことで、和子は楽しそうにパンを焼いているし、僕たちはパンを食べさせられることもなく、和食を美味しくいただけるので、それはそれでとてもよかった。

出入りするスタッフも、近所の友だちのお母さんたちだから、息子たちも何の抵抗もないし、僕や両親はもともと大家族で、にぎやかなのは慣れているのでとりたてて問題はなかった。みなさん専業主婦なので、それぞれの家事や子育ての忙しい時間帯には家に帰るが、後片付けに手を抜かない。むしろ使う前よりピカピカになっている。また、家族ぐるみでおつき合いしていたため、言いたいことを気軽に言い合える関係もよかった。

そんな状況だったから、家族がこんがりパンやに反対したことは一度もなかった。

創業当時、営業日は木曜日と金曜日で、前日の水曜日から仕込みを始める。水曜日の午前中にスコーンとケーキ、パンに入れるカスタードクリームなどを作り、午後三時からパン生地を仕込む。木曜日と金曜日は早朝三時から醗酵したパン生地を成型して焼き上げ、開店の準備、とまあこんな具合だった。

開店の準備と言っても、販売するのはわが家の玄関。当時は玄関までは本格的な改装はしていなかったので、靴箱の上をきれいにして、焼いたパンをかごに入れ、簡単な棚を作ってパンをギッシリと並べていた。玄関の正面にはすぐ階段があり、その階段の三段目にレジ代わりの手提げ金庫を置いて、電卓で計算をするといった具合だった。玄関はパンで埋め尽くされていたし、開店中はお客さんも出入りしたりしていたから、わが家の出入り口はやはり、リビングのガラス戸だった。

創業当時の開店時間は午前九時半から午後七時まで。作業中は真剣に黙々とパンに向き合うスタッフも、休憩中はおしゃべりに花が咲いて、ワイワイと楽しそうだった。忙しいながらもあの頃はほんとうにあったかな日々だった。

「安心、安全の食材」へのこだわり

こんがりパンやは、カナダ産の小麦とイーストでスタートしたが、和子も、仲間のスタッフも、材料にはとことんこだわり、国産小麦や天然酵母に切り替えていくつもりのようだった。

二人の息子が小さな頃から、和子は普段の食事でも、子どもたちや家族に、無農薬野菜や添加物の少ない調味料など、安心、安全で、美味しいものにこだわって食材を選んでいた。こんがりパンやでも、材料費はかかっても、「美味しいパンを安心して食べてもらいたい」という思いが強かったと思う。とはいうものの、これまでは消費者として選んできた食材を、こんどは提供する側としてどう選んでいくか。コストと利益のバランスや、天然酵母を使いこなす技術など、クリアしなければならないことがいくつもあった。

オープンの翌年、一九九〇年には、時間を見つけてベーキングスクールに短期間通って技術を磨いた。小麦も、ポストハーベスト農薬（収穫後の防カビ剤や殺菌剤など）の心配のない輸入小麦を厳選していたものの、健康のこだわりから国産小麦への切り替えを検討していた。
当時の和子の記録が残っている。

こんがりパンやをはじめた頃は、
外国産小麦（米国・カナダ産）とイーストでパンをつくっていました。
しかし、子どもの頃に味わった、あたりまえのおいしさを伝えたいと思い、
よりよいものを求めていくうち、国産小麦、天然酵母へとたどり着きました。
その後、試行錯誤を重ね、
ついに一九九一年、国産小麦、天然酵母に全面切り替えすることになったのです。

当時、国産の小麦は「うどん粉」とも呼ばれ、うどんには向いているけど、
パンには全く向いていない粉として扱われていました。
しかし元来、何でもまず試してみようという性格の私は、
岩手から国産小麦を取り寄せ、外国産小麦用のレシピでパンをつくってみたのです。

言われていた通り、およそパンらしくないものが出来上がってしまいました。

表面はブツブツと穴が開き、全体に固いのです。

ところが食べてみると、見た目と違っておいしい！

甘味があり、香り豊かでした。

外国産の小麦からは得られないおいしさがあったのです。


その後、国産小麦でもなんとかパンらしい形にできないか、試行錯誤を繰り返し、研究を重ね、国産小麦のベーカーズパーセンテージが得られました。

これを応用すれば、塩だけで味付けしたパンから、カボチャ、ごま、スパイスなど様々なものを混ぜ込んだパン、まったくのオリジナルのパンまでどんなパンでもつくることができます。

ところが、パンづくりというものは、ベーカーズパーセンテージがあったとしても決して「超カンタン」ではなく「すぐできる」わけでもなく、「失敗しない」ものでもないのです。

失敗してもいい、かえって失敗したほうがいい、それが次にうまくつくるために必要なことです。
失敗を楽しんで欲しい、そんなメッセージも伝えたいと思っております。

無農薬野菜と無添加の健康食材で作ったパンは、子育てをしながらパン作りをする和子や仲間の、ゆずれないこだわりだったようだ。

国産小麦に手応えを感じた和子は、こんなことを言い出した。

「南部小麦の工場に行ってみたい。和夫《かずお》ちゃん、運転してくれる?」

驚いたが、もちろん、一緒に行った。仕事が休みのときに、運転手として一緒に岩手県まで行き、製粉工場だけでなく、畑まで見せてもらったりして、納得がいくまで和子は食材にこだわった。

「これにしよう」

南部小麦で早速パンを焼いてみると、少し膨らみは悪いものの、味が深く、どっしりとした美味しいパンが焼けた。

このように、和子は研究熱心で、思いついたアイデアは一通り試して、時には現地にまで足を運び、自分の目で見て納得がいくまで確かめていた。僕にとっても、和子の運転手となって一緒に見学するのは、なかなかおもしろい体験だった。

和子のこだわり食材

こんがりパンや／パンの材料

◎ 国産小麦——強力粉、全粒粉ともに岩手県産南部小麦 を使用。ケーキ用には青森県産北上小麦

◎ 天然酵母——あこ天然酵母（あこ天然酵母の原材料は米・小麦・米麹）レーズンから起こした自家製酵母、ライ麦のサワー種

◎ バター——よつ葉バター

◎ 卵——自家配合飼料（NON-GMO）を食べて育った、在来種（ゴトウザクラ）から生まれた健康な卵

◎ 牛乳——自家配合飼料（NON-GMO）を食べて育った牛から絞った牛乳。パスチャライズド牛乳

◎ さとう—種子島産きびからとった洗双糖・沖縄産黒砂糖

◎ 干しぶどう——米国産オーガニックレーズン

◎ くるみ——米国産オーガニックくるみ

◎ 塩——メキシコ産岩塩を原料とする真塩

◎ オリーブ油——スペイン産エキストラバージンオイル

◎ なたね油——国産なたね油ブレンドのもの（NON-GMO）

◎ 小豆・金時豆——北海道上士幌町産

◎ 水——業務用浄水器使用

※パンに詰めるフィリングはすべて手作りです

和子は商品開発も手を抜かなかった。何度も配分を調整して試し、さまざまなレシピを作っていた。炭の入った真っ黒なパンにチャレンジしたりしたこともあった。

自ら書き残しているように、「失敗を恐れず」、「失敗を楽しみ」ながら、何度もチャレンジしていたが、パンが好きではない僕たち家族は「味見」には協力しなかった。

パンを裏切らない

一九九一年（平成三年）には、国産小麦・天然酵母に全てを切り替えることになった。

ずっと気にしていたイーストを使うことをやめ、酵母に関しても、スタッフの一人が見つけてきたホシノ天然酵母というものを研究して使い始めた。

ホシノ天然酵母はその酵母を購入すればよいのだが、自家酵母を使ったパンもあった。干しぶどうから起こした自家酵母や、わが家の庭に咲いたバラの花びらから起こすバラの酵母を使ったパンも焼いたりしていた。バラの酵母のパンは女性にとても人気があった。

自家酵母は本当に大変で、手間をかけてもすべてが上手くいくとは限らない。僕にしてみれば、パンの生地の面倒を見るだけでも大変なのに、その上に酵母の面倒をみながら、失敗のリスクを背負ってしまうと、商売としては成り立たないと思っていた。ただ、僕からの口出しは無用だから、そこはぐっと我慢して、横で心配しながら見守るしかなかった。

和子の睡眠時間も心配だった。家族は普通に起きているから、和子も先に寝るとはいえ、そうそう早くは寝られない。店を開ける日は三、四時間の睡眠時間で頑張っていた。

開店日前日、夕方六時ごろに酵母を仕込むと、およそ九時間くらいで発酵が終わる。ということは、明け方の三時くらいからタイミングよく次の工程に取りかからなければならない。三時前後になると、まだ薄暗い中を一人二人と仲間たちが集まって、鍵を開けておいたリビングのガラス戸からそっとわが家に忍び込み、黙々とパンの成型を始めるのだ。

家族が寝静まっているときにスタッフが入ってくるため、夜もリビングのガラス戸の鍵は開けっ放しで寝ていた。一人暮らしになってからも、その癖は抜けず、寝ている間に泥棒が入ったことがあり、しかもそのことに気がついていないという笑えぬ話もあった。

「お宅、泥棒に入られていますよ」

警察が別件で逮捕した泥棒が、「大きなパン焼き機のようなものがある家に盗みに入った」と話したようだ。恐ろしいことに、連絡が来て、言われるまで全く気がつかなかったのだが、大きな異変を感じなかったのでおそらく被害もそれほどではなかったと思う。今ではきちんと戸締まりをして寝るようにしている。

酵母は生き物だから、和子はスタッフが集まる前に、必ず発酵の具合を確認していた。酵母は気温や室温等の条件に左右されるので、発酵が進んでしまっていたら、スタッフが来る前でも作業を進めなければならないと和子が言っていたのを覚えている。様子を見ながら、必要なときに手を加えなければならない。

和子は、自分の時間ではなく、酵母の時間に合わせて毎日を過ごしていた。

二階で寝ていると、明け方のカラスの声よりも先に、下でガラガラとガラス戸を開ける音や、ゴットンゴットンと生地をこねる音が聞こえていた。

弟子入りした先生がいるわけでもなく、目指している人も店もなかったが、こんがりパンやは、スタッフの高い理想のもと、採算度外視で、手探りをしながら一歩一歩進んでいった。

もちろん、彼女たちのベースには、家庭があり、収入の心配をしなくても生活に支障はないということも大きかった。生地をこねるところから焼き上がりまで、およそ十五時間もかかる天然酵母のパン。和子たちはパン生地の材料にも、フィリングの材料である野菜や果物にも、惣菜の具にも、さらには、後片付けに使う石けんにもとことんこだわり、安全なだけでなく、食べて美味しいパンを追求していたようだ。

こんがりパンやのスタイルと信念について和子はこんなことをノートに残している。

風味づけのために、天然酵母を少し加えただけだったり、国産小麦を少し使っているだけで、国産小麦・天然酵母とうたっているパン屋もあるなかで、こんがりパンやでは、小麦は国産一〇〇％、発酵も天然酵母だけを使っています。

そして、材料はもちろんのこと、使う道具、洗剤、ゴミを捨てるところまでひとつひとつ考え、つねに見直しています。

道具は、作り手の大切に使ってほしいという気持ちが込められているものを選ぶようにしています。

そういうものは、使う人のことを考えて作られていて使いやすいし、劣化するだけのプラスチックと違って、手入れをすれば永く使えます。

洗いものには、コロッケを揚げた油や、近所の方からいただいた使い古しの揚げ油で作った自家製廃油せっけんを使っています。

カレーパンの具やまかないを作る際に出た生ゴミは庭に穴を掘って埋めたり、コンポストに入れてたい肥にします。

こんがりパンやでは、自分の身体のためだけではなく、できるだけ自然に負荷をかけないパンづくりを目指しています。

和子とスタッフが気にかけ、大切にしてきたことは「パンを裏切らないこと」で愛情をいっぱい注いでいた。

料理音痴の僕が息子たちの弁当作りを

天然酵母を使い始めたあたりから、わが家では、こんがりパンやについての口出しは一切ご無用という雰囲気が漂いはじめた。「私たちのやり方に口を出さないで」なんて言われたわけではないが、彼女たちの領域に足を踏み入れてはならないような、そんな雰囲気を感じていた。僕たち家族は、家の中で彼女たちの働く光景を目のあたりにしていたので、口は出さないけれども、できることは喜んで手を貸したりしていた。

母のあんこは絶品だったので、その秘伝のあんこをあんパンにして人気商品を生み出すこともできたし、父は積極的に家族の洗濯物を干すなど和子の家庭での家事の負担を少しでも担うようにしていたようだ。

スタッフのみなさんは、早朝からわが家に集まるが、家庭の主婦でもあるので、朝食の時間になると、一旦解散となり、それぞれの家庭に帰って夫や子どもたちを会社や学校に送り出していた。その間も和子は、何かとパンのお世話をしていた。

僕は僕でこう提案してみた。

「弁当、僕が作ろうか」

当時は僕は会社勤めだったが、十一時くらいにのんびり出社すればよかったので、朝から忙しい和子のために、息子たちの弁当作りを買って出た。「みんな忙しそうだし、僕はヒマだからちょっとやってみようかな」という軽い気持ちだった。

次男が高校生だった三年間は、次男と僕の弁当は僕が作ることになった。

それまで僕は、料理は全くできなかったが、パンだとなんとなく作れそうだった。弁当には、よく焼きたてのパンにいろいろな具をはさんでサンドイッチにしたりした。僕は、パンはあまり好きではないのだけど、サンドイッチは大好きだった。食パンで挟んだり、バンズのようなものを半分に切って挟んだり……。僕の作るサンドイッチはなかなか美味しいと子どもたちから好評を得ていた。今でもパンを食べる時は、何かをはさんでサンドイッチにして食べることがほとんどだ。

普通のご飯のお弁当も、もちろん作って持たせた。サンドイッチは簡単だが、ご飯の弁当となると、おかずもいくつか入れなきゃいけない。毎日同じものを入れるわけにもいかないので、自然と料理の腕も上がっていった。

そんなことをしているうちに、料理が楽しくなって、周富徳さんの料理の本を買って来て、独学で中華料理をものにした。時には、こんがりパンやのスタッフの朝食も作るまでになり、中でも、チャーシュー入りチャーハンと卵焼きはなかなかの評判だった。美味しいと喜んでもらえると、「ようし、また作ろう」という気持ちになり、手を休めることはなかった。

高校生の次男も大学に進学し、学食があるからようやく弁当から解放されるかと思っていたら、やっぱり弁当がいいという始末。

「学食まずいから、弁当作ってよ」

次男のおかげで、僕の料理の腕もずいぶん上がっていったものだ。

わが家にテレビ局がやってきた

和子がこんがりパンやをはじめて七年目の一九九六年（平成八年）。フジテレビの朝の情報番組、『めざましテレビ』の取材を受けることになった。

家庭の主婦が住宅街にある自宅でパン屋を開業し、それが口コミで人気になっている、とどこからか話が伝わったのであろう。パンを作っているところを取材ということで、バタバタとしながらの放送だったが、なかなか面白い体験だった。

当時の中継録画が家に残っている。

テレビ局のレポーターの女性がわが家の前で中継を始めた。

「おはようございます。今日は、住宅街のパン屋さんにお邪魔します。このお家なのですが、どう見ても普通のお家に見えますよね。あ、ここに『こんがりパンや』という看板がありますよ。早速入ってみましょう。門を入っても、ごく普通の玄関のようですが——、なんと、玄関あけたら一秒でパン屋さんなんです！」

所狭しと並んだパンと一緒に、和子が出迎える。レポーターの女性が、大きなライ麦パンを手に、「うわあ、美味しそうですね」と言うと、和子は目を輝かせて「そうなんです。ライ麦にバターを使ったパンで、とっても美味しいんですよ」と答える。「チョコレートのいい香りがします」とチョコレートの入ったパンを手にとると、「それは、ベルギーのチョコレートを使っています。ベルギーのチョコレートが手に入ったときにしか作らないんですよ」と解説する和子。

放送の録画を見返してみると、和子は厳選した材料、こだわり抜いた味に自信を持って、みなさんにぜひ食べていただきたいという気持ちを全面に押し出している様子がはっきりと伝わってくる。

いつもの様子が撮影したいということだったので、玄関からカメラがリビングに入ってくると、そこで朝食をとる両親、息子たち、そして僕が写っていた。もちろん、テーブルにはテーブルクロスを敷いて、みんなで和食を食べている。ダイニングテーブルなのに、その半分は成形したパン置き場になっていて、すぐ隣りの台所ではスタッフが五人ほどせっせとパンを作っている様子が映し出される。わが家ではそれが日常だったが、テレビ的にはきっと面白い光景だったのであろう。

数分間の放送だったが、このテレビ出演がこんがりパンやの大きな転機になった。

放送が終わったあとの、午前九時五分、電話のベルが鳴った。早速反響があったかなと思って電話に出たところ、なんと保健所から。放送を見た職員が、あわてて電話をかけてきたようだ。

「直ちに営業を停止してください」

営業許可を取っていないので、責任者の方は保健所にお越し下さいとの呼び出しだった。

実はそれまでにも営業許可を申請していたのだが、「会員制で販売したり、知り合いに限って販売する場合には営業許可は必要ありません」と、門前払いだった。こんがりパンやはご近所の方や友人、知人、ほとんどが顔を知っている方たちで成り立っていたし、そもそも自宅で小規模に運営していたから、不特定多数に販売するというところには至ってなく、お店としても成立していないので、営業許可を取るまでもないということだった。しかし、テレビに大々的に出てしまって、状況が一変した。

でも、その日の午前十一時には、無事にパン菓子製造業の許可をもらうことができた。

そのあと、実は全国から「私もマンションでやりたいんですけど、保健所の許可がおりません。お宅は許可はどうなさっているんですか？」と問合せがあった。

つい今しがた許可をいただいたばかりだったが、和子は胸を張って、「営業許可ですか？

もちろん、ございますよ」とお答えしていた。なんとも、綱渡りだった。

遠くからわざわざ電車などに乗って、こんがりパンやにお客さんがパンを買いにくるようになったのはその頃からだった。

取材、取材、取材!

それまでは、作っているパンはかなりハイレベルではあったものの、主婦たちのクラブ活動というか、趣味の延長でパンを焼いているふうに見え、それが非常に美味しいということで、口コミで広がった知る人ぞ知るパン屋だった。

しかし、『めざましテレビ』の取材をきっかけに、テレビや雑誌など、多くのメディアで取り上げられるようになっていった。

翌年には雑誌『暮しの手帖』でカラー八ページの特集が組まれた。記事のタイトルは「主婦の冒険　玄関さきのパン屋さん」。

こんがりパンやの成り立ちや今の様子を詳しく伝える記事で、当時和子を合わせて七人になっていたスタッフ全員の紹介、こんがりパンやの一日の詳細なスケジュール、僕たち家族の様子などが紹介された。

その頃の、ひと月の売り上げはおよそ八十万円くらい。水道、電気、ガス、電話代は決まった額を家に入れて、場所代はなし。残りをスタッフが働いた時間に比例するように分割して給料を支払っても、時給にすると四百円くらいにしかならない。

「みんなのお給料払ったら、私の分がなくなっちゃった」

和子はそんなことを言って、笑っているときもあった。

和子はパンの腕やアイデアはずば抜けていたけれど、商売はほんとうに下手だった。私は仕事でおもちゃの商売をしていたから、コスト計算などをついしてしまう。

「もう少しこんなふうにしてコストを抑えてやってみれば」

そう何度か提案してみたことはあるのだが、和子は職人気質で、頑として譲らない部分があり、検討のテーブルにさえ乗せてもらえなかった。

「美味しいと言ってもらえるためにやっているんだから」

和子がこれだと信じた道は、微動たりとも揺るがなかった。

『めざましテレビ』と『暮しの手帖』の取材後、お客さんも取材も、どんどん増えていった。『暮しの手帖』を見た他社の編集者が取材にきて、またその雑誌を見たテレビのディレクターが取材に来る。

そんなふうに話題はふくらみ、取材が絶えなかった。

書籍や雑誌の取材をざっと上げると、『danchu』（プレジデント社）、『自家製天然酵母のパ

妻和子の「こんがりパンや」は、ほんとうに多くのドラマを生んだ。
そして和子はそこから多くのメッセージを僕たちに残してくれた。

ン作り』（自然食通信社）、『ＰＨＰ別冊』（ＰＨＰ研究所）、『ＬＥＥ』（集英社）、『料理天国20』（料理王国社）、『荘苑』（文化出版社）、『食べ歩き　東京パン』（昭文社）、『Hanako』（マガジンハウス）、『いらっしゃいいらっしゃい』（自然食通信社）、『Caz』（扶桑社）、『自宅ショップ』（朝日新聞夕刊）『東京パン　毎日食べたいパンの店１８９店』（昭文社）、『東京23区のとってもおいしいパン屋さん』（レブン）、『カフェ　スイーツ』（ペリカン社）、『東京パン屋さんガイド』（廣済堂文庫）、『女性自身』（光文社）。

テレビの取材もさらに続いた。『素敵にワイド』（テレビ東京）、『はなまるマーケット』（ＴＢＳ）、『ぶらり途中下車の旅』（日本テレビ）、『スーパーＪチャンネル』（テレビ東京）、『ふっくら焼きたてパン屋さん』（テレビ東京）、『Ｆ２Ｘ』（フジテレビ）。

いまさらながら気の遠くなるような取材の数々。和子はよくもこんなに多くの取材に応えたな、と感心する。

二〇〇〇年（平成十二年）を過ぎた頃には、主婦がオーナーとなって自宅で開業をするということも社会的に注目されるようになっていたので、素材にこだわったパン屋としての魅力と合わせ、取材対象としてもとても魅力があったのだろう。

そうしたガイドブックや雑誌を手に持って、店の前で写真を撮っていく人も大勢いた。

わが家は商店街から外れていて、人通りの少ない小さな路地にあるから、ほとんどの人は二、三回迷わなければたどり着けない。

昔ながらの商店が並ぶ通りから、どこを曲がればよいのか、目印になる場所もなかった。うまく曲がることができたとしても、その先に店らしきものが見えず不安になる、というのがお決まりのパターン。パン屋の本を手に要町をウロウロする人が増えたので、曲がり角の家に看板をつけさせてもらった。

「パン屋ここ曲がる。坂上がって八軒目。右側」

みんな、一軒、二軒、と数えながら、「よかった、やっと着きました!」と言って店のドアを開けて入って来る。

和子はそんなふうにして迷いながらもパンを買いに来てくださるお客さんたちに、とびきり美味しいパンを食べてほしいと、さらに力を入れたのだった。

第二章

和子がいた日々

和子と出会った時代

和子に出会ったのは、僕が二十六歳、和子が二十一歳の時のことだった。僕が働いていた半導体販売会社に、和子が入社してきた。僕はおもちゃの開発・販売の部署にいて、和子は入社後、同じフロアの一画にある総務部に配属された。

和子は英語が得意で、明るい笑顔が印象的だった。当時はミニスカート全盛期。ミニスカートからの足がスラリとしたきれいな子だった。とはいえ、こちらから話しかけるわけでもなく、顔を合わせれば普通に「やあ」「こんにちは」と挨拶をする程度でした。

あるとき突然、和子から声をかけられた。

「山田さん、コンサートのチケットが余っているんですけど、一緒に行きませんか？」

和子からの思わぬ誘いに、ずいぶん積極的な子だなと思ったものだ。

「何のコンサートなの？」

「ええっと、ドッキョウ交響楽団、です」

僕は、大学時代に混声合唱団に所属して、音楽は好きなほうだったけど、「ドッキョウ交響楽団」は知らない。「ドッキョウ、ドッキョウ……、さて、なんだろうな」と考えていて、ハッと気がついて、こう聞き返した。

「それ、もしかして、ドッキョウじゃなくて、ヨミキョウじゃない？」

読売交響楽団を略して読響《ヨミキョウ》と呼び、その読み間違いだった。

それからしばらくして、アルバイトをしていた男子学生に、「ぜひ大学祭に遊びに来てください」と誘われたので、僕から和子に声をかけて、一緒に出かけたこともあった。

お化け屋敷があったので二人で入り、そのあと、中華料理屋で食事をしたのだが、そのお店の周りが道路工事をやっていてとてもうるさく、くつろいで食べることができなかった。

後になって、和子から、こんなことを言われた。

「私ね、実はお化けが大っ嫌いで、ニンニクが大っ嫌いで、おまけに大きな音が大っ嫌いなの。あのときは三拍子そろっちゃって大変だったけど、頑張って我慢してたのよ」

僕は思わず吹き出し、口に手を当てて二人で笑い合った。

それをきっかけに、僕たちは頻繁に食事をしたり、出かけるようになっていった。

和子と僕はお互い末っ子として育ち、そのことでも気が合った。

和子は、かわいらしい面もあり、また仕事ぶりは手際よく、何事もきっちりと仕上げる子だった。そのうち、要町のわが家にも時々遊びにくるようになった。僕の母はかなり手先が器用で料理も上手だったが、和子もなかなかの腕前を披露した。

これは結婚してからの話だが、レストランで食事をして、「これ、美味いな」とポツリとつぶやくと、翌日にはレシピも何も無いのに、自宅で同じ味を再現してくれた。和子の味覚と記憶はなかなかのものだったと思う。

「昨日食べたの、こんな感じだったでしょう？」

そう言って、ニコニコしながら僕が食べる様子を見ていた。

「そうそう、こんな感じだよ。もう、あの店に行かなくてもいいくらいだね」

母とも馬が合うようで、わが家に遊びに来ても、両親とも仲良く話していたし、楽しそうだった。

結婚の予感のようなものを、僕は感じていた。結婚生活を想像すると、障害になりそうなことは何も見あたらなかった。ここが嫌だとか、ここが気になるとか、そういうことが何もなかった。一緒に過ごす時間がお互いにとても自然で、心地よく、最初から家族のような感覚があった。

ある日、和子の友人に紹介されたとき、こんなことがあった。

「そのネクタイ、珍しいですね。ニットなんですか？　山田さんっておしゃれなんですね」

その女性がそういってほめてくれたのが、僕は照れくさいので、こう返した。

「これ、実はネクタイじゃないの。ネクタイがなかったから、靴下をこうやって締めているだけなんですよ」

と、ニコニコしながら冗談で返した。

後から和子が教えてくれたのだが、和子の友だちは私のその発言を聞いて、「いい人じゃない」と気に入ってくれたそうだ。僕にはよくわからないが、和子は、「女同志だと、そういうことがポイントになるのよ」と笑っていた。

和子自身も、僕と「一緒になってもいいいな」と思ったのは、そのやりとりだったと教えてくれた。

逆プロポーズ

そんなふうにつきあいを始めて一年が過ぎた頃、和子から一通の手紙を受け取った。いつも顔を合わせているのに、わざわざ手紙を。どうしたのかなと首をかしげながら封を切った。

文体は柔らかいものの、内容はドキッとするものだった。

「和夫さんと結婚するか、アメリカに留学するか、どちらかにしようと迷っています」

僕は、プロポーズこそしていなかったが、近い将来、和子と結婚するつもりでいたし、和子ももちろんそのつもりだと思い込んでいたので、本当に驚いた。

そして、思わず、こう言ってしまった。

「アメリカに留学？　そんなのよしなさい。アメリカなんて行かなくていいから、結婚しようよ」

今考えれば、もっと余裕をもって、留学もさせてそのあと結婚してあげればよかったと思ったりしたが、当時は僕の気持ちに余裕がなかった。和子自身も、結婚と留学とどちらも選ぶ、という選択肢は持っていなかったようだ。

この話は和子と僕だけしか知らないエピソードで、和子の両親も、僕の両親もきっと知らないと思う。息子たちにも話したことはない。

和子は本当に英語が好きだったし、好奇心も強かった。高校生の頃の和子は、食事のときも本を離さず、夜遅くまで勉強して、朝もラジオの英会話を聞いていたそうだ。米沢藩の藩校だった進学校に通っていて、女子はたったの六人しかいなかったそうだから、負けず嫌いだったこともあって一生懸命勉強していたのであろう。

英語に限らず、どんなことでも、自分が興味を持つと、やってみたい、行ってみたい、勉強したい、という気持ちがとても強い人だった。何事にも真摯に向かって取り組むのは、生まれ持った性分なのだろう。

だから僕に「どっち?」と迫ったのは、留学してみたいという気持ちも抱えつつ、でも、僕と一緒になってもいいという気持ちから、なかなかハッキリとプロポーズしない僕に、どうするつもりなのか確かめたかったのかもしれない。

1974年（昭和49年）和子と独身最後の旅行に山梨県清里へ。
ペンションブームが始まっていた。

1974年（昭和49年）10月10日、結婚式。

二人で結婚を決めたあと、僕が覚えている限り、和子から「本当はあのとき留学したかった」という言葉が出たことは一度もない。和子は一つの道を選択し、僕と結婚して新しい生活に全力投球しようと心を決めたからであろう。

今では女性は結婚しても仕事を続けるのが普通になっているが、和子は結婚を機に仕事をキッパリと辞めた。

僕が二十八歳で和子は二十四歳の時に二人は結婚した。

結婚が決まって、うちに来て食事をしていたときのことだった。

「この家に入って、親父やお袋と一緒に住んでもかまわない？」

そう尋ねると、和子は笑ってこう言ってくれた。

「もちろん！」

そう言った和子も、それを聞いて笑っていた母も、とても嬉しそうに見えた。

和子の実家も大家族だったので、家族と離れて東京で暮らしていた和子にとって、わが家のワイワイとにぎやかな雰囲気は、どこか懐かしいものだったのかもしれない。

和子が来たときにはもう僕の祖父は他界していたが、僕が子どもの頃には、日露戦争に出兵した祖父が健在だった。祖父母と両親、兄弟四人。居候も二人いたから、山田家は総勢十人の大家族で、そりゃあもうにぎやかだった。平屋の狭い部屋でテレビの前に集まって、「大鵬が勝った」「柏戸が勝った」と大騒ぎしていた。ほんとうに、ノンビリしたいい時代だった。

和子の父は米沢の旧藩士の家系で、商売の腕も傑出していて、地元では有名な人だった。東京の麻布の米屋に丁稚奉公《でっちぼうこう》に来て、そこのお嬢さんと結婚して米沢に連れて帰ったという話を和子から聞いたことがある。そのお嬢さん、つまり和子の母は、東京生まれの東京育ちなので、米沢に嫁いだ後も標準語で話していたそうだ。でも、商売をするには、地元の言葉のほうが打ちとけて商《あきな》いに都合がよいとして、「米沢の方言で話しましょう」という標語が店に貼ってあったと聞いた。和子が東京に就職したのも、小さい頃から耳にしていた、東京の言葉の響きや、母から聞く東京の話などの影響があったのかもしれない。

米沢の名士と、嫁入り後も標準語で話す東京育ちの米屋のお嬢さん。そんな二人のあいだの娘ゆえに、和子自身、どこか怖いものなしというか、度胸が据わっていると思うようなことが何度もあった。

結婚してからこんがりパンやを始めるまでは、和子はいわゆる専業主婦だったが、以前から生協が主催している環境問題や食材の添加物についての勉強会など、いろいろな会に参加していた。例えば百人ほどの大きな規模の会議があったときにも、演壇から「何か質問はありませんか」と尋ねられると、物怖じせずに「ハイ！」と手を挙げて質問をするようなところがあった。普通なら、聞きたいことがあったとしても、会議が終わってから個人的に質問しようとみんなが黙り込むような場面で、自分の疑問や意見を堂々と発表できる、そんな人だった。

また、僕たちは「対等で自由で、お互いの意志ややりたいことを尊重し合える関係」でいることを約束していた。

でも、いつの間にか和子が主導権を握って、対等ではなくなってしまっていた。

いつの間にそうなっちゃったのかなあ……。

筋金入りの大胆な女性

結婚してからも、面白いことがあった。確か、まだ子どもたちも産まれていない頃のことだった。

神宮球場で巨人対ヤクルト戦を観ようということになり、僕は当時勤めていた会社のあった四谷から、和子は自宅の要町から、神宮球場の入り口で待ち合わせることにした。

球場前で待っていると和子がやってきて、僕たちは手を振り合い、一緒に球場に入って席に着いた。まだ試合まで時間がありそう。しばらくすると、隣りに座っている和子が「実はね」と話し出した。

一呼吸おいて、

「今日、鍋のセットを販売するセールスマンが家に来たの。それで、いろいろ聞いてみたら良さそうだなと思って、買っちゃった。お鍋」

何事かと思ったら、なんだ鍋かとほっとして、僕はこう答えた。

「へえ。鍋くらい買ってもいいんじゃない。で、いくらしたの？」

「うふふ。ローンで買ったから、月々はそんなにかからないわよ」

嫌な予感がしてきた。

「で、いくらなの？」

「ええっと、5万円かな」

「ええっ！」

試合前の客席とはいえ、周りはざわざわとにぎわっていたが、球場に響く大きな声で驚いてしまい目の前が真っ暗になった。

僕のひと月の給料は7万円。そう、7万円の給料なのに、5万円の鍋セット。しかも、「買いたいけどどうかしら」じゃなく、「買っちゃった」という事後承諾。

それまでも大胆な女性だと思うエピソードは多々あったが、これは筋金入りだと再確認した出来事となった。

和子は料理も好きだったので、頭の中では、その鍋であれを作ってみたい、これを作ってみたいというイメージが湧いているのだろうと想像がついたから、そこで「鍋を買うのはやめなさい」という選択肢はとてもなかった。

結果的に、その鍋セットはとても使い勝手がよくて丈夫な上に、取っ手が壊れたら修理をしてくれるというシステムもあり、わが家ではずっと愛用されてきた。今では、次男家族がその鍋セットを使っている。二代に渡って長年使っていることを思えば実に安い買い物だったのだが、当時はずいぶん驚いたものだった。

あの日、和子と鍋の話をしたことはハッキリと覚えているが、そのときの試合の内容は全く思い出せない。

一九七六年（昭和五十一年）に長男元和が誕生、一九八一年（昭和五十六年）には次男和気《かずき》が誕生した。

やりたいと思ったら、必ずやり遂げる

僕は三十歳の頃からバイクに乗っていて、時々一人でふらりとツーリングに出かけたりしていた。もちろん、和子や子どもたちを連れて、家族でドライブすることもよくあったが、たまには一人でブラリと身軽に出かけたいこともある。

ある日、僕の密かなツーリング計画が事前に和子に見つかったことがあった。東北の志津川

というホヤの産地に行って、ホヤを食べながら一杯飲もうと、旅行計画をノートにメモしていたところ、そのノートを和子に見られてしまった。

「ノート見たわよ。私も連れて行ってよ」

「でも、バイクで行こうと思っているんだよね……」

「じゃあ、私を後ろに乗せて行けばいいじゃない」

近場なら和子を後ろに乗せて出かけることもあったが、東北はさすがに遠い。

「高速道路は二人乗りはできないよ」

そう言ったのだが、なかなか納得せず、引かない様子なので、計画を練り直してみた。

仙台まで僕が一人で高速道路を使って北上。和子は事前に米沢の実家に帰って仙台で待ち合わせ、そこから二人乗りで東北をぐるりと回り、また米沢まで和子を送り届けて、僕はそこから高速道路、和子は新幹線で帰宅。両親と同居しているから、子どもは預けて、気楽な夫婦二人旅……となるはずだった。もちろん、旅行は楽しかったのだが、ずっと後ろに人を乗せてバイクの運転をするのはかなり大変である。

「とっても楽しかった。また行こうね」

そう言って、和子は喜んでいたが、僕は、もう二度とあれは嫌だと思っていたのでこんなことを口にした。

「運転するほうは大変だったんだよ。和子ちゃんも免許とればいいじゃない」
あまり深く考えずに思わずそう口にした。

何気なく言ったそのひと言も、和子は聞き逃さない。家のことや子育てをしながら、いつの間にか教習所に通って、本当に二輪自動車の中型免許を取ってしまった。

「和夫ちゃんが免許取ればいいって言ったから、免許取ったのよ。これからは、二台で行けば大丈夫でしょう?」

中型免許の試験では、四百ccの倒れたバイクを自分で起こすという実技もあり大変だ。いつもは非力なのに、よくあれを持ち上げられたなあ、と感心をした。

和子は米沢にいた頃、スキーのインストラクターをやっていたから、風を切って走るのが楽しかったのにちがいない。

やりたいと思ったら、必ずやり遂げる。そんなところが和子にはあり、それがまた和子たる所以であった。

それからというもの、家族でキャンプに出かけるときにはハイエース。両親に子どもたちを見てもらって二人で出かける時はバイク二台でツーリング。それが休日のスタイルの一つになった。水芭蕉が咲く時期になると、尾瀬に出かけたり、十二月のはじめには宮島のもみじを見に行ったり。パン屋を始めてからも、よく二人で旅行をした。

いとも簡単に自動二輪の免許をとってしまった和子。運動能力はバツグンだった。

1983年（昭和58年）わが家のハクモクレンの樹の下で。長男元和と次男和気も。

家族の旅行でこんなこともあった。

息子たちをハイエースに乗せて、山梨県大月にある雁ヶ腹摺山《がんがはらすりやま》のふもとにキャンプに良く行った。

キャンプだと普通は寝袋を持って行くが、僕たちはあまりそういうことにとらわれない。

「やっぱり寝袋より布団のほうが楽だよね」

と言いながら、ハイエースに布団をたくさん積んで、子どもたちの衣類もベビータンスをそのまま乗せて持って行ったりした。

「お引越しですか」

近所の人に荷造りを見られると、そんなふうに声をかけられた。まるで夜逃げのような荷物の積み込みだから、無理もなかった。

息子たちのこと

僕と和子は、両親と同居していたから、両親に子どもたちを見てもらって、二人で出かけることが比較的多かったと思う。そのあたりは、とても恵まれていた。子育ての大変な時期には父も母も元気だったたし、ちょっと見てもらえるだけで、和子も僕も自分たちの時間を持つことができて、ずいぶん助かった。同居のメリットかもしれない。両親には本当に感謝している。

和子は、鍋セットなどを思い切りよく買ったりしたが、宝石やブランドバッグには全く興味がなく、化粧もほとんどしなかった。

自然の移り変わりや、素材が自然で美味しい食事などを楽しみ、生きることに喜びを求める人だった。

天気のよい日には、二人で都内の公園に花を見に出かけたり、買い物に出かけたりすることもよくあった。中でも、新宿御苑にはよく出かけたりした。僕たちは散歩のときには手をつないで歩く。池袋から歩いて帰ってくるときに、通りすがりの中学生に冷やかされたこともあった。

「おっ、あれ見ろよ。手、つないでるぞ」

全く知らない思春期の中学生に、そんなふうに言われてしまったことから、それからは中学生を見かけると「ヤバいぞ、冷やかされるぞ」と言いながら、パッと手を離したりして歩いたりした。

これじゃあ、どちらが中学生かわからない。

僕たちはお互いに末っ子で自由にのびのび育ってきたものの、僕たちの子育ては、三十点くらいだったんじゃないかなと最近になって反省することが多い。もっとフランクに、自由に子育てできたらよかったのだが、息子たちに対しては、「こうあらねばならない」「こうあってほしい」というこだわりの気持ちから、ついつい無理強いしていたようだ。

例えば、息子たちが小学生くらいの頃といえば、ちょうどテレビゲームが流行し始めた頃だったが、「流行していたとしてもわが家では買いません」ということがあった。今思えば、もう少し柔軟に対応してもよかったかなと思う。子どもたちはどう思っているんだろう。我慢させた部分もずいぶんあったと思う。

勉強しなさいとはあまりうるさく言わなかったが、何というか、僕も和子も、テレビゲームなんかよりリアルな日常の世界をきちんと感じてほしいという思いが強かった。

息子たちもそんな僕たち夫婦のもとで、なんとか育ってくれた。それぞれが家族を持ち、子どもに恵まれて暮らしている。三十八歳の長男の元和、三十三歳の次男の和気、二人は僕たちから、どんなことを受け継いでくれたのだろうか。

和子のこだわりもあって、食べる楽しさは二人とも受け継いでくれたと思う。

大家族を支えた和子

僕たちと同居していた母は、二〇〇三年（平成十五年）に八十八歳で亡くなった。和子がこんがりパンやを始めたのは一九八九年だが、その頃はまだまだずいぶん元気な母だった。

これがまたとんでもないスーパーレディで、七十歳、八十歳になっても夜中まで趣味の作業をしていた。家のこともやりながら、とても多趣味で、縫い物も上手だったし、ミシンもかける。和紙を使った美術折り紙もプロの腕前だった。和子が家に入ってくれたおかげで、そうした趣味の時間を持ち、ずいぶん助かっていた。

料理も、おふくろの味と和子の味が混じり合いながら、素材を生かして美味しく作るといった具合で、嫁姑の関係も、よかった。

母は和子と話も合い、和子が何かを始めるにしても反対することなく、手が空いた人が交代で家事をするというのがわが家のスタイルだった。

父は退職してからは趣味の俳句を楽しみ自分の和室で句を詠んだり、たまに句会に出かけたりしていた。兄が父の俳句をまとめて句集も作ったりもした。

退職後は、洗濯物を干すなど、父も家事に協力的だった。

職業はサラリーマンだったが、実は面白い経歴の持ち主で、NHKなどの取材を何度か受けたことがあった。

明治生まれで、学生時代は陸上競技の選手だった。その頃、スタートは英語のかけ声で行っていたが、昭和三年に日本陸連が新たにスタート時のかけ声の懸賞募集を出した。

父も応募した。

「位置について、よーいドン」

みなさんよくご存知の、このかけ声が見事に選ばれた。これが父の作品である。なんてことはないかけ声だが、父が考えた言葉が、いまもこうして使っていただけているとは、とても名誉で感慨深い。

その父は、二〇〇九年四月に百歳で亡くなった。その前年の九月に施設に入所するまで元気で、三度の食事は規則正しくとり、時間になると食卓に座って食事を待っていた。和子はその頃パン屋が最も忙しく、父の食事を三食作るのは、僕の担当となった。僕ができないときには和子が手早く作ってくれるものの、僕はスーパーに行っては、「今日は一体、何を作ればいいのか」と毎回悩んでいた。三食食事を作るというのは本当に大変なことだ。

また、それぞれが〝自分の世界〟を持ち、家族を干渉することはなかった。大世帯のため、狭いわが家だったが、それぞれが、自分たちのスペースを確保して、それぞれのことに口をはさまず自分の世界を楽しんでいた。

和子は僕に対して、不思議なくらい厳しくしなかった。若い頃には、友人たちと朝まで飲んで帰ったこともあるが、そんなときにも、「お帰りなさい」と普通に笑顔で迎えてくれていた。「どこに泊まったの」とか「昨日は何してたの」と聞かれないので、悪いことをしているわけではないのに、「なんで問いつめないんだろう」と、ちょっと放ったらかされているような、寂しさを感じたものだった。

そうしたことを含めてお互いに、それぞれの領域には必要以上に踏み込まないところがあった。

僕との結婚を機に和子は仕事を辞めていたが、二人の息子の子育てが一段落したころ、何かを始めたいと素直に考えてみられる、そんな時代を和子は迎えようとしていた。

二十四時間、パンが命

こんがりパンやの認知度も高まり、人気が出てくると、表通りに店を出さないかという話が何度もきたりした。和子はその度に、どれも丁重にお断りしていた。

「本格的なお店にしちゃうと、二か月も夏休みとれなくなっちゃうものね」

和子は暮らしを大事にしていて、長期休みに家族で旅行に出かけることを楽しみにして生活していた。そういった時間と、パンを作る楽しさのバランスを保ちながら、自宅でパンを作り続けることを選んでいたようだ。

パンづくりを教えてほしいという人も増えてきて、二〇〇〇年（平成十二年）からパン教室も始めた。

このパン教室もなかなかの人気で、毎回、募集するとあっという間に定員が埋まった。パン屋を開業したいという若者や、自宅で開業したいという主婦、天然酵母や国産小麦を使ったパンを家族のために作りたいといった人たちが次々に集まるようになったのだ。

生徒さんたちはみんなとても熱心で、教室を卒業しても、ＯＢ会のようなものを作って交流したり、和子のもとに相談に来たりしていた。


和子には人を惹き付ける不思議な求心力があった。パン作りに対する真摯な姿勢がみなさんの心に響いていたのだろうか。和子が亡くなってからも、ケーキを手に、和子を訪ねてくる生徒さんもいた。

「和子さんと一緒にケーキを食べながら、いろいろとお話ししたいと思って来たんです」

亡くなったことを告げると、本当に残念そうにガックリと肩を落とし、うつむいていた。

和子自身は、パン教室について特に私に何かを語ることはなかったが、パン屋のオーナーだけでなく、パン教室で自分が得た技術や知識を伝えることは、和子にとっての新しい世界の幕開けでもあった。和子は、たくさんの人に慕われ、みなさんの志に寄り添い、励まし、支えることにかけては、人並み以上の力が潜在していたと思う。年齢を重ねても、その世界はもっともっと広がり、もっと和子が伸びていく要因だと思っていた。そこは、和子がやり残してしまった部分だと、本当に残念でしかたがない。

まだ和子が元気な頃、僕が夜中にトイレに起きると、和子はまだ起きてよく手紙を書いていた。お店を立ち上げようとしていた生徒さんたちの相談に乗っていたようだ。教室を卒業し、店を立ち上げるまでの次期はいろいろと大変なはず。伴走してくれる人がいれば、きっと心強いはずだ。

和子は寝る時間を惜しんで、少しでもパンが大好きな人たちの力になりたいと、いつも尽力してたようだ。

パンでできる支援

スタッフのお子さんたちが大きくなり、手がかからなくなってくると、稼働する日が増え、営業日が少しずつ増えていった。定休日は日曜日、月曜日、祝日。そして天然酵母の調整が難しい夏の二か月を長期休みとするようになった。

また、お店の認知度は全国的になっていき、インターネットで宅配を受注するショップも開店した。宅配に向いているハード系のパンや、アトピーに悩む人も口にできるようなものを中心に、受注し、一週間以内に宅配する。

そうなるとかなり忙しくなって、僕も材料の注文や、パソコンなどを使って、裏方の仕事をほんの少しではあるものの、手伝うようになった。

二〇〇五年（平成十七年）僕が五十五歳になった頃、和子はこんなことを言い出した。

「売り上げが増えてきたから、生活費は私のほうで大丈夫よ」

僕はずっと、「和子は商売は上手くない」と思っていたのだが、なんのなんの。自己資金三万五千円からスタートし、わが家の小さな玄関からスタートしたこんがりパンやは、十六年かけて、一家の生活を支えられる大黒柱になっていたのである。これには正直驚き、和子を見直した。

自分の信念を曲げることなく、食材にこだわり抜いて、美味しく、安心で安全なパンを作り続けた和子の有言実行の証しである。

和子が亡くなる一年ほど前のことである。和子は地域の会合で知り合ったボランティア団体「特定非営利活動法人 ＴＥＮＯＨＡＳＩ（てのはし）」の理事をしていた男性と話す機会があった。

池袋を中心に、路上生活者の自立を支援する団体である。路上生活者には、心と身体に障がいがあり、さまざまな逆境の中で行き場をなくし、路上生活を余儀なくされている人もいて、「世界の医療団」東京プロジェクトチームと共同で支援を行っているという。

僕もたまたま和子と一緒にいたので同席して話をうかがった。

「毎週水曜日に、孤立し、ホームレス状態にある方たちにおにぎりを配布しています。こんがりパンやさんの売れ残りのパンなどを、ご協力いただけないでしょうか」

その団体の「てのはし」という名前には、「人と人とが手をつないで橋を架け、生きづらい社会を渡っていけるようにする」という願いが込められていると説明を受けた。思いを込めて焼いたパンが売れ残っても、そうした人たちの手に渡ることはうれしいことだと、和子はすぐに引き受けることを決めたのである。

毎週水曜日になると、「てのはし」の担当の人が売れ残りのパンの一部を取りに来る。そして、それを持ち帰り、「てのはし」のみなさんで配布していたようだ。

僕はその頃、まだ自分の仕事もあったので、実際にパンを手渡す現場に行くことはなかった。仕事に忙殺されている和子自身も現場に行く時間がなく、売れ残ったパンがどのように配布されていたかは知らないままだった。

「パンが無駄にならなくてよかったじゃない」

そのとき、僕は、ホームレスの状態にある人といってもあまりよくわからず、どこか他人事のようで、「てのはし」に深く興味を持つことはなかった。

しかし和子が亡くなった後、進む方向を見失った僕に人とつながる橋を架けてくれたのは、その「てのはし」だったのである。

第三章

和子の旅立ち

けん玉とサラリーマン生活

僕は一九四八年（昭和二十三年）七月九日生まれ、いわゆる団塊の世代だ。生まれも育ちも、東京都豊島区要町《かなめちょう》で、一人の兄と二人の姉に可愛がられ、四人兄弟の末っ子としてのんびり育った。就職しても、結婚しても、和子と死に別れてもずっとこの街に暮らしている。最寄り駅は地下鉄・東京メトロの要町駅。山手線の主要駅、池袋駅のお隣りで、歩いても池袋に行けるほどの近さだ。美味しいピザ屋や美味しい寿司屋など、行きつけの店もいくつかあり楽しい付き合いをしている。

池袋はずいぶん開発されて若者の街になったが、要町はクネクネとした昔からの路地が今でも残り、個人商店が点在してなんとなく昭和の面影が残っている。住み心地もよい落ち着いた街で僕は大好きだ。大学では経済を学び、卒業後、「さて、どんな仕事をしようか」と考えたとき、おもちゃの世界で生きていくのも悪くないなと思い、当時から有名だった玩具店、キディランドに就職した。

キディランド原宿店のビルは表参道沿いにあって、僕が入社する五年前の一九六六年（昭和四十一年）に地上六階、地下二階建てのビルに建て替えられたばかりであった。

今も日本を代表する玩具店として知られているが、当時は、非常に画期的なお店だった。ドラミングバニーというおもちゃが子どもたちに人気だったのを、年配の方は覚えているかもしれない。スイッチを入れるとうさぎが太鼓を叩く電池式のおもちゃだ。大変なヒット商品で、ほかのおもちゃに比べて高額だったので、百貨店などでは大抵はガラスケースの中に飾って売られるのが普通だった。けれど、キディランドでは当時高価だった乾電池を使い、店頭で動かし、音を鳴らして実演販売をしていた。今でこそ実演販売は珍しくはないが、その頃、おもちゃの実演をした最初の玩具店だったことを覚えている。

そこでおもちゃを仕入れたり販売したりしているうちに、今度はおもちゃそのものに興味が湧いてきた。出入りをしていたメーカーの人たちと話をする機会も多く、メーカーで働きたいと思うようになったのである。

そして二十代後半で転職し、それからは、おもちゃの開発にも携わってきた。

転職先は、大手が積極的に手を出さないが、でも、確実に需要があるマーケットを狙っておもちゃを開発する会社であった。純粋なおもちゃというよりは、スポーツとおもちゃをミックスさせたような商品を多く取り扱っていた。バドミントンやフリスビーなど、ファミリーが公園で遊べるようなスポーツ玩具が中心だった。

ちょうど、日本が豊かになってきた時代で、「日曜日は家族で郊外へ出かけよう」という延長のなかで、「芝生でお弁当を食べた後は、何をして遊ぼうか」と考えたときに、手軽なスポーツ玩具が人々の需要にピッタリはまったのである。

そうして仕事も波に乗っていたある日、「けん玉を作ってほしい」という人たちがやって来た。話を聞いてみると、日本けん玉協会の人たちで、

「試合用のけん玉を民芸品の職人さんに頼んで作ってもらっているんだけど、なかなかこちらの希望通りに作ってくれないので困っているんです」

という商談だった。

その当時、けん玉やコマなどは、色や形もさまざまで、どちらかというと民芸品に近いものだった。子どもたちがそれぞれに遊んでいるぶんには問題ないのだが、試合用となるとそうはいかない。けん玉は大きさや、けん先の長さ、皿の大きさ、球の穴の大きさなどの違いによって、ずいぶん扱いやすくなる。競技をするとなれば、条件が同じになるように、規定のサイズや重さを決定し、同じけん玉で競わなければならない。

最初はけん玉と聞いてあまりピンと来なかった。僕が当時担当していたものとは少しジャンルが違うなあと思ったが、けん玉で試合をするということは、スポーツ玩具だから、まあやってみるかと、気軽な気持ちで引き受けた。引き受けたものの、これがまた、当初はほとんど売れなかった。日本では何度かブームがあったようだが、その頃は下火だった。

「日本けん玉協会といっても趣味の団体だし、試合があるといってもなあ……」

そんなことを考えながらも作り続けているうちに、認定の競技用けん玉、級・段位認定制度やルールなども設定されて、競技会も数多く行われるようになった。

そして、一九七六年（昭和五十一年）度に厚生省主導で「児童育成クラブ」として今の学童保育が本格的に始まったことで、状況は大きく変わっていった。

学童保育は、保護者が働いている子どもたちが夕方まで過ごす施設だ。そこで、室内でもできる遊び道具として、けん玉はちょうど良かったのかもしれない。練習して少し上手になると先生にチェックしてもらい、級や段が進んでいく。それぞれの学童保育内で昇段のテストをすることもできる。すると子どもたちの競争心に火がついて、ますます必死に練習をする。

一九七七年（昭和五十二年）には「けん玉ルネッサンス」といわれる爆発的なブームになったのである。僕が手がけた「さくら」は今では、小学校などでも一、二年生の授業の中で取り入れられたり、むかしあそびとして親しまれているようだ。

あの頃、けん玉を持って全国の問屋さんを回ったものだ。いつの間にか「山田です」と言えば、「ああ、けん玉の」と言ってもらえるようになっていた。その間、独立して自分の会社を立ち上げた。あのルイ・ヴィトンからの注文で、関係者用に六百個のヴィトン特製けん玉を作ったこともあった。これには和子も驚いた。しかし訳あって再びサラリーマン生活に戻った。

こうして、人生の大半をけん玉に費やして、二〇〇八年（平成二十年）年には六十歳を迎えた。サラリーマンとはいえ、全国の問屋さんを自由に回ったり、家で仕事をしたり、たまに会社にのんびり出勤したりという生活を続けていたが、そろそろ定年退職という一区切りをつけて違うことを始めるのもいいかなと考えるようになった。

さあ、第二の人生を楽しむぞ

たいていの人は退職してからの人生をどのように過ごそうか、と悩むものだ。

僕の友人には、趣味を極めたり、今までの仕事で得た人脈や専門知識を生かして何か新しい仕事を始める人もいる。僕たち団塊の世代は、まだまだ元気で、退職してからもなお、いろいろな場所で活躍しているようだ。「のんびり隠居生活」という時代ではなくなってきている。

僕の場合は、長年携わった仕事にも少し飽きてきていたし、会社も景気が悪くなっていたので、おもちゃの仕事は後輩に引き継いで、スッパリ引退した。これを機会に何か全く違うことをしようと考えた。

僕の中には、妻の和子が家の玄関でやっていた小さなパン屋を手伝ってみようかという思いがあった。とはいえ、こんがりパンやは和子やその仲間たちがすべて運営していて、パンひとつ焼けない僕に出番は回ってきそうにもないし、スタッフのみなさんの仕事を僕が代わりにやるわけにもいかない。

2002年（平成14年）僕の両親、2人の息子の妻、そして和子。

2008年（平成20年）和子と「こんがりパンや」のスタッフ。この1年後、和子が亡くなるとは夢にも思わなかった。

僕が作った世界で600個しかないヴィトン特製けん玉。

現実的なところでは、スタッフのみなさんが帰宅してから出勤するまでに和子がしていた作業を、僕が引き受ける事くらいしかできないだろうが、夜の作業や、早朝の作業を引き受ければ、和子も少しはゆっくりできるかなと考えたりした。ともあれ、これまでなんとなく横目で見ていた、楽しそうなこんがりパンやの仲間に入れてもらいたいという願いが強かった。

それを和子に伝えたときは、冗談半分にこんなふうに言われた。

「そうね。あなたのお小遣いくらいなら、売り上げから十分払えるからいいわよ」

その言葉に僕は胸を膨らませた。

僕の兄や姉は、三人とも結婚してこの家を出たが、僕は和子と一緒になってからも父や母と同居していた。和子と母は、仲のいい嫁姑だった。母は八十八歳、父は百歳で亡くなったが、二人とも幸せに長生きした。僕と和子はずっと父母と一緒に暮らし、最後の最後に施設に入院するまではわが家で介護をしていた。

そんなこともあって、「この家は末っ子のお前にやるよ」と兄や姉たちに言われ、家も引き継いでいたので、住む場所に困ることはない。こんがりパンやの収入があれば、生活費はまかなえるはずだ。贅沢をしなければ、妻と二人、なんとかやっていける。

子どもたちも巣立ち、父と母を見送り、妻と二人の第二の人生の幕開けに思いを馳せる。

さあ、どうやってこんがりパンやの仲間に入れてもらおうか。

スタッフのみなさんの仕事と、どんなふうに住み分けをすればいいかな。休みもしっかりとって、和子と旅行にも行きたい。第二の人生に胸を膨らませ、子どものようにワクワクしていた。

予期せぬ言葉

そんな調子で、二〇〇九年（平成二十一年）を迎えた。僕も仕事を整理して、後輩への引き継ぎも順調に進み、春になる頃は少しずつパンの手伝いが始められそうになっていった。まだ寒い中にも、時折春の日差しが感じられるようになったある日、和子が「胃の辺りが気持ち悪い」と言いはじめた。

それまで和子は大きな病気をしたことが一度もなかった。子どもの頃は体も小さく、丈夫なほうではなかったと言っていたが、結婚してからは風邪もほとんどひいたことはなかった。その時は、僕も和子も、ちょっと胃の調子が悪いくらいだろうと軽く考えていた。

和子は息子たちが小さい頃から、パンづくりと同様に、食材に気を使って料理を作っていた。食べ物で免疫力を高めるとか、自己治癒力を大事にするとか、そういうことに興味を持っていて薬に頼ることは少なく、病院に行くこともほとんどなかった。健康診断も受けていなかった。和子がようやく病院に行く気になったのは、春が近い三月に入ってからのことだった。いま思えば、ずいぶん我慢をしていたようだった。その頃に和子の手作りのカレンダーを最近になって見返してみると、仕事やプライベートの予定の他に、こんなことが記入されていた。

二〇〇九年一月八日　　仕事始め　胃が重い
一月二十九日　胃の調子悪い

山田家には僕の両親や兄弟が昔からお世話になっているかかりつけの病院があった。けれど、軍医上がりの先生は九十歳をすぎて病院を閉めてしまい、その後は、診察を受ける機会がなくなった。

三月十八日、和子は知り合いに紹介された近所の病院を訪ねた。その日はとりあえず胃の調子が悪い現状を伝え、問診を受け、採血をして、二日後に胃の内視鏡検査をすることになった。

三月二十日、胃の内視鏡検査を受けに和子は出かけて行った。

「胃の中を診てもらったら、『きれいですね』って。おかしなところは見つからなかったみたい。でも、来週エコーのお医者さんがくるから、念のためにエコーで診てもらいましょうって言われたわ」

いつもどおりの笑顔で帰ってきた和子は、私にそう報告した。

「まあ、きっと大丈夫だよ」

僕自身がホッとして、そんなふうに答えたような気がする。

それから一週間後の三月二十五日。和子は、同じ病院に行ってエコーの検査を受けた。

「エコーで診たらがんの疑いがあるから、違う病院で精密検査を受けることになった」

予期せぬ和子の言葉が胸に刺さった。別の病院を紹介され、翌週の四月一日に精密検査を受けることが決まった。ＭＲＩ検査である。

和子が病院に通い始めた三月、庭のハクモクレンは、いつもと同じように美しく咲いていた。こんがりパンやは盛況で、モクレンカフェもオープンした。

お客さんは、和子とスタッフのみなさんが焼いたパンを美味しそうにほおばっている。

はらり、はらり、とハクモクレンの大きな花びらが散り始めていた。

がん告知「ステージⅣのすい臓がん」

その頃は、僕も仕事から手を引いて自宅でのんびりと過ごす時間が増えていっていた。パン屋はちょうどスタッフを増やしたばかりで、和子も以前よりはゆったりと仕事をしている。こんがりパンやのことを本にまとめようと原稿を書いたり、絵を描いたり、書き物をして過ごす時間が多くなっているようだった。

ただ、僕が実際にパンを手伝うことはまだ始められていなかった。和子のパン教室の生徒さんや、将来パン屋をやりたいという人が、スタッフとして入りたいといって次々に集まって順番待ちをするほどで、なかなか僕の出番は回ってきそうもなかった。

こんがりパンやは、スタッフのみなさんだけでも十分に回っていたので、通常通り開店しながら、和子は病院の診察を受けていた。

四月一日、最初に訪れた病院から紹介を受け、精密検査をしてくれる病院に和子が一人で行って、MRI検査を受けた。

四月三日、その病院に結果を聞きに行く。この日は、和子に付き添って、僕も一緒に出かけた。

僕も来い、というからにはがんの進行について、大変なことを告げられるのではないかという不安で心が塞《ふさ》いだ。

診察券を出し、名前を呼ばれるのを待っている間、和子はどんなことを考えていたのだろうか。僕は和子の様子よりも、自分の気持ちを平静に保つので精一杯だった。とはいえ、何ができるわけでもない。ただ、静かに和子と並んで座ってやるしかなかった。

「山田さん、山田和子さん。どうぞ」

ようやく順番が回ってきた。病院の呼び出しはまあそんなもので、重くもなく軽くもなく、淡々と名前を読み上げられて診察室に入っていった。

診察室の先生の前には椅子が二つあり、和子と僕はそこに座った。先生は検査の結果やカルテを診ながら、こう言った。

「すい臓がんですね。末期です」

なんの躊躇《ちゅうちょ》もなく突然告知された。今どきはそれが普通なのだろうか。

すい臓がんは、症状を自覚できることは少なく、早期発見が難しいということは知っていた。きっと、もっとまめに健康診断を受けていたとしても、早期発見することはできなかったかもしれない。それにしても、あまりにもあっけない告知だった。

〈ウソだろう、冗談じゃないよ〉

「末期というと、どれくらい進んでいるんでしょうか」

前の年に親せきががんで他界していたので、だいたいの進行の予測はついたが、そう尋ねた。

「現在、ステージⅣです」

〈ステージⅣのすい臓がん——?〉

すい臓がんのおよそ八割がこの状態になってようやく発見されるそうである。がんの腫瘍が大きく、リンパ節への転移も見られ、ほかの臓器への転移もある可能性が高い。元来、すい臓がんは、ステージⅠで見つかったとしてもその治療は難しく、治療成績はよくないということであるが、ステージⅣともなると、もはや外科的な手術の対象とはならないほど進行しているという。


和子と僕は、診察室を出ると、会計で支払いを済ませ、病院を後にした。

帰り道、どんなことを話したか、和子がどんな様子だったかはあまり覚えていない。

正直、二人とも、どう考えていいか、わからなかった。

春らしく暖かい日で、木の枝には新芽が出て、空は青く輝いていた。

通り過ぎる風は、どこからか花の香りを運んでくる。

そんな中で、和子がポツンと言ったひと言が忘れられない。

「世の中の色が違って見える」

和子と僕は、命が芽吹き、喜びに満ちた春の世界から、すっと切り離されたような気持ちになって、黙って手をつないで家路についた。

放射線治療も抗がん剤治療も拒否

翌日、四月四日は、和子が先生のパン教室が新たに始まる日で、和子は何ごともなかったように生徒さんたちを明るく迎え、パン教室を開いた。

翌々日、四月五日は、私の父、秀夫の百歳の誕生日パーティーが予定されていた。父は、一年前の二〇〇八年（平成二十年）九月から施設に入っていたので、そこに親族が集まって、百歳のお祝いをした。その席で、和子の病気について、息子たちや、親せきにも正直に伝えたところ、やはり、セカンドオピニオンを受けたほうがいいだろうというのがみんなの考えであった。

四月十六日、これまでの検査結果を持って、セカンドオピニオンとなる、がん研究会有明病院に行った。このときも僕は和子に付き添った。

最寄り駅の要町から有楽町線で豊洲へ出て、豊洲からはゆりかもめ線に乗り換え、一時間ほどかけて有明駅へ。

前年の一月、僕の姉の夫である義理の兄が、肺がんで亡くなっている。

最後はあちこちに転移をしてしまったとはいえ、投薬前はベッドの中で元気そうにしていたのに、抗がん剤を飲んでたった三日で亡くなってしまった。投薬前には、「抗がん剤を投与することで急変することもあります」という承諾書にサインをしていた。もちろん、そうしなければまた違う危険性が出ていたのかもしれないが、その体験は僕たちに強い印象を残してしまった。

また、その年の十一月には和子の友人も、肺がんが転移して民間療法を始めていた。その頃の和子の日記にこう記している。

十一月十三日

四時に高岸さん見舞いのため、ダンス教室をあとにする。

「ゲルソン療法、やってみようと思うんだけど、和子ちゃんにも本読んでもらって、和子ちゃんがいいって言ったら、やるつもり。だって今は、私はどんな宗教にも入ってしまいそうだし、どんな高価なつぼも買ってしまいそうな気分だから……」

肺がん、転移の可能性。そんなことを医者に言われたら、誰でもそうなるよね。でもそうなっていると自覚して抑制しているところが彼女のすごいところだと思う。本をしっかり読まなくちゃ。私だっていずれはがんになるわけで……。

近藤誠さんの『病院で死ぬということ』、この本ももう一度読み返してみよう。

今日、私がやりたいのは、みそ作りイベントのチラシと、教室の練り直し、プライスカードの書き直し。一日ではできないな。何を先にするべき?

和子、がんばってる。

遅かれ早かれ二人ともいつかはがんになるだろうと考えていたが、まさか、こんなにすぐにそのときが来るとは思ってもみなかったが、和子ががんになる前から、二人は、お互いががんになったら、どんな治療をするかということを話し合っていた。そして、こんな結論に達していたのである。

「放射線治療も、抗がん剤治療もしない」

すい臓がんでステージⅣであれば外科手術は難しい。あとは何ができるのだろう。

予約していた午後三時半に、診察室を訪ねた。

がんの告知をされた病院から、和子のカルテやＭＲＩの画像などが入った袋を渡し、医師に状況を伝えた。

「手術はできませんが、放射線治療はできますよ」

医師はそう言ってくれたが、和子の気持ちは決まっていた。

「放射線治療も、抗がん剤治療も、受けるつもりはありません」

医師は、その言葉を聞くと、こう言った。

「では、うちの病院でできることは何もありません」

私たちは、そう言われることも覚悟していたが、その言葉によって、これ以上、この場所にいる必要性はなくなってしまった。

その言葉は、僕たちに「もう帰れ」と迫ってくるように聞こえた。

「こんなところからは、一刻も早く帰ろう」と思ったが、医師のあまりにもそっけない返事を聞いた和子のことを思うと、不憫になって、僕は思わずこう言ってしまった。

「わかりました。では帰ります。最後に、妻に何かひと言でも言ってもらえませんか?」

医師はちょっと困ったような顔をして、少し考えると、和子のほうを向いて手をあげ、こう言った。

「グッドラック!」

その言葉には、どういう思いが込められていたのだろうか。次の瞬間、「ひと言を」と求めた自分を責め、激しく後悔した。

第四の治療、民間療法を選んだ和子

病院でのがんの治療には大きく分けて三つある。手術などの外科治療、放射線を患部に照射する放射線治療、抗がん剤などの化学療法である。

私たちは、それに続く第四のがん治療と言われる免疫療法をはじめ、そのほかの民間療法によって、道を探ることを話し合って決めた。

こんがりパンやは、ほかのスタッフがいつも通りに運営していたが、パン教室は和子が先生なので、生徒さん全員に返金して、閉鎖することになった。和子は普通の生活ができていたものの、大好きなパンはほとんど作らなくなっていた。

それでも和子は、いつも前を向いていた。ネガティブな言葉をつぶやくこともなかった。もちろん、心の中にはネガティブな思いが生まれることもあっただろうが、でも、そんな言葉を口に出すことは、和子自身にとっても、私にとっても、プラスにはならないと思っていたのであろう。

それからというもの、和子はものすごい勢いでさまざまな療法について調べ始めていった。和子は昔から勉強熱心で、好奇心も旺盛だった。家族の食材へのこだわりをはじめ、何かに夢中になると、気になることをとことん調べて、できることを次々に行動に移してやってきた。振り返ってみれば、その集大成がこんがりパンやだった。国産小麦も、天然酵母も、和子の好奇心や研究心、行動力があってこそ実現できたものだった。

がんの治療についても同じことで、自分で本を何冊も買い集め、知人や友人から勧められた本を読んで勉強したり、いろいろな民間療法についてのビデオを見て治療に生かすことができないかなど、がん克服の闘いを続けていった。また、がんを克服した知人に話を聞き、メモを取り、すぐにできることはなんでも試したりした。そのときに和子が集めた本が、今でも二階の本棚の奥に二十冊以上仕舞ってある。

その頃は次男の和気は結婚して、近所で暮らしていたので、和子が見つけた民間療法を試すために、奔走してくれた。

僕はといえば、和子が「びわの葉が欲しい」といえば、近所を回ってびわの葉をもらってきたり、人参ジュースがいいということでジュースを作ったりしたくらいで、一人では何をすればいいかわからず、言われるがままに動くだけだった。

正直言って、もう民間療法ではがんの進行を止めることはできない状況まで追い込まれていたものの、和子の治したい、治してみせる、という必死の気迫に押され、彼女が納得がいくまで自由にやらせてみることを決めた。二人の息子も「そうしてあげよう」と和子の考えに従った。和子の気持ちを尊重してやるのが、僕たちに課せられた一番の務めだった。

いずれ、痛みから緩和ケアが必要となるだろう。その準備も考えなければならないし、それも夫である僕の務めであった。

そうして治療法を探しているあいだも、こんがりパンやは変わらずパンを焼き、営業していた。お客さんはいつもと変わらず、パンを買いに来てくださり、スタッフのみなさんは朝早くからわが家に集まって、パンを焼き、帰って行った。一つだけいつもの風景と違うのは、その中に和子の姿がなかったことである。

大事をとって部屋で休んでいることが多くなった。ただ、いつもと同じパンの香りが家中に漂っていた。

そんななか、四月二十二日、施設に入っていた父が亡くなった。親せきが集まり、百歳の誕生日をみんなで祝った十六日後に、眠るように亡くなった。

昔からお世話になっている近所の寺で葬儀を行なったが、和子は体調が思わしくなく、葬儀には参列できなかった。

ゴールデンウィークに入り、五月一日から六日までは、こんがりパンやもお休みにした。いつもは早朝からガタガタと動き出すスタッフのみなさんの出入りもなく、静かな朝が続いた。

ゴールデンウィークが明けると、がんに効用があるという温熱療法で、五月八日から十八日までの十一日間、和子は沖縄へ旅立った。前半は長男が、後半は姪が付き添ってくれた。

スタッフのみなさんは、和子の沖縄行きを応援し、笑顔で送り出してくださった。

長男の元和からの電話では、五月の沖縄は夏のような日差しで、爽やかに晴れ渡り、明るく希望に満ちていたようだった。

五月十二日の消印で、私に宛てた手紙が一通届く。私はあまり読む気分になれず、なかなか封を切ることができなかった。後で開いてみると、私宛の手紙とは別に、こんがりパンやのスタッフのみなさんへのメッセージが入っていた。

一枚の便せんに、丁寧な字でこんなふうに書かれていた。

千恵子さん、千年さん、裕見子さん、一美さん、真由子さん、陽子さん、沖縄をすすめてくださった、さと美さん（アレ、まちがってたらゴメン！）、石鍋さん、ほんとうにありがとうね。沖縄の人たちは、必ず目を見て話をしてくれます。笑顔もステキです。「場」の持つ「気」＝エネルギーもいいのでどんどんよくなっているような気持ちがしています。私は無理をしてがんになったようにも思うから、パンやの為に無理なんかしないで、ゆるゆるとやっていこうね。たのしく、笑って、ゆっくりと。これが一番！

こんな風に思わせてくれた時を私にくださって、ほんとうにありがとうね。

かずこ

和子は、「がんを治してみせる」という強い気持ちが心の張りとなり、沖縄行きを決めた。スタッフのみなさんに自らがんの告知を告げたあとも、本当は、「どうして私が」という気持ちもあったと察する。僕だって、「どうして和子が」と思い悩んでいた。

でも、和子は取り乱すようなことはなく、いま、できることを見つけて精一杯やっていた。僕はといえば、そんな和子の様子を見ては、自分の中でどうにも整理しきれない気持ちを抱え、できるだけ普段通りに振る舞うことで精一杯だった。

沖縄から僕に宛てた手紙を、僕はそのとき、どうしても読むことができなかった。畳んだ何枚もの便せんにびっしりと文字が書かれていることが、開かなくてもわかった。

そこに何が書かれているのかはわからなかったが、そのときは、怖くて開けることができず和子の気持ちをしっかりと受けとめる気持ちになれなかった。

和子は沖縄で充実した日々を過ごした——。

緩和ケア病院を出る

和子が試みたいと思っている療法については、長男や次男がそばについて、いろいろと動いてくれていたので、和子も心強かったと思う。

ただ、和子がそうして熱心に本を読んだりいろいろな療法を試したりしている姿を見ても、僕は、和子と一緒になって、積極的に調べようという気になれなかった。和子や二人の息子が頑張れば頑張るほど、僕は落ち込んだ。

いっこうに成果といおうか、症状が良くなるというものが目に見えてこなかったせいもある。

「いつか来るその先のことも考えて、準備しておかなくちゃいけない」

と考えることが多くなっていった。

奇跡が起こって、和子のがんを小さくして消してくれたならと願う一方で、正直なところ、本当にそんなことが可能なのだろうかと信じきれない部分があった。今は、普通に食事などできているが、いつかは入院しなければならない時期が必ずくる――。

現に、身体に痛みが出ているし、少しずつ痛みが酷《ひど》くなっていっている。

和子が沖縄に滞在している間に、僕は、緩和ケアの病院を調べてコンタクトを取った。

「現在、一か月待ちとなっております」

一か月先に和子の状態がどうなっているかはわからなかったが、

「お願いします」

と僕は和子に相談せずに、その場で判断をして、受付をしてもらった。

和子には、手続きを済ませてから、こう伝えた。

「緩和ケアの病院に申し込みをしてあるから、家での生活が辛くなってきたら、入院することもできるからね」

和子は「ありがとう……」と言って小さくうなずいた。

沖縄から帰ってきた和子は、これからの治療法を自分なりに整理することができたようで、少し元気になったようだ。こんがりパンやはいつも通り営業。それから和子の部屋を二階から一階の和室に移した。和室は玄関のすぐ脇にあり、陽当たりのよい部屋で、窓からは庭の草花やモクレンの木が見えて気分も晴れるだろう、と考えてのことだった。

けれど、モクレンの葉が少しずつ大きく育っていくにつれて、和子が部屋で横になっている時間が少しずつ増えていった。パンをこねる音や、出入りするスタッフのやりとりや、お客さんの気配を感じながら、横になっている。和子は何を考えていたのだろう。

六月二十四日、和子は僕が申し込みをしていた病院に入院することになった。沖縄から戻って、四、五週間が経っていた。手続きをしたからといって必ず入院しなければならないということではなかったが、やはり痛みが酷くなり、日常の生活が辛くなってきた。

「今までよく我慢していましたね」

最初の診察で、医師はそう言った。入院するまでは、痛み止めや投薬などは一切していない。和子のことだから、ずいぶん我慢していたのだろう。

入院して三日目に、吐血と下血があった。

来る時が来たのか。僕は苦しい。そのあとの和子との時間が途切れ途切れになって思い出せない。

入院から半月たった七月九日、僕は誕生日を迎え、六十一歳になった。その日、和子が入院している病院にお見舞いに行くと、サプライズプレゼントが待っていた。

和子の手作りの誕生日ケーキである。

病院のスタッフのみなさんに協力してもらい、画用紙や折り紙を使って、僕に内緒で作ってくれていたようだ。和子は、家族の誕生日になると、昔から手作りのケーキを作ってくれていたが、今日が一番の感激のケーキだった。六十一歳のバースデーケーキは食べられなかったけれど、これまでに和子が作ってくれたケーキの中でも、とびきり美味しそうだった。和子は痛みをこらえて、いつもの笑顔で、僕の誕生日を祝ってくれたのだった。

久しぶりに楽しい時間を過ごしたその翌日の七月十日、和子はこんなことを言った。

「少しだけでいいから、一日だけ家に帰りたい」

「一泊外泊ならいいでしょう」と病院から許可をいただき、家に帰れることになったが、用意が大変だった。

和子は入院してから、痛みを緩和させるために、定期的に少量のモルヒネが体に入るようにしていた。その機械は常に体につながっていて、時間になると、電動でシュッと体に注入される。それでも痛みが強いときには、自分で二、三滴追加することができるようにもなっている。外出時には移動しやすいように、電動ではなく、風船の空気圧を利用して同様にモルヒネを定期的に注入する道具が必要となってくる。そうした準備を整えて、一泊の一時帰宅の予定で久しぶりのわが家に帰ってきた。

ところが和子は家に帰るなり、こう宣言してみんなを驚かせた。

「私はもう、あの病院には戻りません」

和子の意志は固かった。病院でそう言ってしまうと、家に帰れないと思っていたのだろう。


その病院では医師も看護師も、スタッフのみなさんにとてもよくしてくださった。

個室ばかり二十床ほどの病院だが、起き上がれない人も、ベッドに乗ったまま病院の中を移動できるようになっていた。フロアに行くとピアノがあって、院長や看護師が催し物をやってくれることもあった。お見舞いも自由で、病室でも寝泊まりも快適にでき、出前を取ったりすることもできる、本当に過ごしやすい病院だったのに……。

とはいえ、やはり緩和ケアの病院だから、死がいつも隣り合わせである。昨日までいた人の病室の前を通りかかると、ドアが空いていて、誰もいない空のベッドがポツンと見えたこともあった。つい数日前に、話をした人がいなくなってしまう。

体調が良くなって退院する人はほとんどなかった。いなくなるということは死を意味することだった。僕は口に出しはしなかったが、病院に行く度にそのことを感じていた。

和子もきっと同じ気持ちだったと思う。

その日の和子のカレンダーに、短いメモが残っている。

「恐怖により一時帰宅。病院に帰れず」

和子は、自分に忍び寄る死の恐怖に、一人では耐えられなかったのだろう。

和子の意志を尊重して、退院の手続きをして家で過ごさせてあげようと決めた。一時的な外出用のモルヒネの機械を返却し、自宅で使える機械を手配して、自宅近くから往診してくれる緩和ケアの医師を紹介してもらった。

和子はやっぱり、家に居たかったのである。

七月十一日、緩和ケア病院を退院させた。

和子が帰ってきてからは、再び、一階の小さな和室に和子の布団を敷いて、そこを和子の部屋にした。僕はいつものように二階のベッドで寝ようとすると、和子は僕を呼び止めた。

「和夫ちゃん、隣りにお布団敷いて寝てよ」

「ここにもうひと組布団敷くの?」

小さな和室だから、二組布団を敷くと部屋はいっぱいになり、足の踏み場もなくなってしまう。

2009年（平成21年）7月9日僕の誕生日を和子の入院先で祝う。病院では
ケーキが作れないために、和子はオリジナルペーパークラフトのケーキを。
和子と僕の最後の写真となった。

僕は正直なところ、面倒だなあと思ったものの、和子は、一度言い始めたことはなんとしても通してしまう。

「わかった。じゃあ布団持ってくるよ」

横になっている和子の布団の隣りにもうひと組布団を敷いた。布団に入り、いつもの習慣で、本を開いた。僕は寝る前にいつも本を読む。

「和夫ちゃん」

和子はまだ起きていて、声をかけてきた。僕は本の文字を追いかけながら、ぼんやりと返事をした。

「うん」

「和夫ちゃん、手をつないで寝ようよ」

「え、でもさ、手をつなぐと本が読めないじゃない。それに寝づらいよ」

和子の言葉に僕はなんだか照れくさいような、面倒なような、それていて愛しく切ないような、複雑な気持ちで胸がいっぱいになってしまった。

僕たちは、手をつないで眠った。

パンの生地をこねたり丸めたり、元気いっぱいだった頃の和子のプルンとした手は、いつの間にかずいぶん細く小さくなっていた。

叶わなかった和子の夢

こんがりパンやは、もともと僕たちの息子の学校の保護者仲間と始めたパン屋だった。子どもたちの学校が休みになる夏休みなどには、それぞれのスタッフが家族との時間を過ごせるように、長期間休みにしていた。

それは、子どもたちが大きくなっても続いていた。

その年も、七月下旬から長期休みになる予定ではあったが、和子が、病院から戻ってきてからは、家でパン屋を続けることが難しくなってきていた。

「ちょっと、音が嫌なの」

仲間たちのことを思い、いつも感謝していた和子だから、大好きだったパンを作る音に耐えられなくなってきた自分の体に驚いたことだろうし、「音が嫌」とそう言い出すことも、辛かったと思う。こんがりパンやは、その夏で、店を閉めることになった。

和子が出版社の依頼でこんがりパンやのことを本にまとめようと書き留めていた企画書がある。

こんがりパンやが忙しすぎて、結局出版はそのまま延期され、がん闘病によって日の目を見ることはなく出版の夢は叶わなかった。

ごあいさつ

国産小麦と天然酵母の「こんがりパンや」代表の山田和子と申します。
この度、「こんがりパンや」の本を出版したく、ご挨拶申し上げます。
私は、おいしいパンをつくったり、おいしい料理をつくるのが大好きです。
それが高じて、豊島区要町の自宅で「こんがりパンや」を創業し、十五年が経ちました。
吟味した素材を使い、配合の研究を重ね、長年培って来た技術で、
安心して、おいしく食べられるパンを焼き続けております。
パンには向いていないといわれていた国産小麦で、
おいしいパンを作るにはどうしたらよいのか、その試行錯誤の成果と、
さらに、「使う」、「洗う」、「捨てる」にも目を向けたライフスタイルのなかでの
パンづくりをテーマに、本をつくりたいと考えております。
そしてもうひとつ、
キッチンを工房に、玄関を店舗にし、資金二万円から始めた経験が、
資金が少なくても、店舗を借りなくても、工夫次第で開業はできる！　という
起業に一歩踏み出せない人たちの後押しになればと思っております。

おいしいパンをつくるには、
ゆったりとした気持ちで取り組むことが大切だと考えます。
イライラしながら、せわしなく作った食事では満たされないような気がします。
近ごろ、「発酵なしでつくるパンの本」、「超カンタンレシピのパン」など、
よく目にするようになりました。
最近では、パンの本場であるドイツやフランスでも、
発酵が三十分で済むように、発酵促進剤を添加してある粉を使って
パンを焼くことが当たり前になっているようです。
本来のつくり方からそれてしまったパンには、本来のおいしさがあるでしょうか？
「楽」で「簡単」へ向かう急な流れのなかで、
ちからを抜いて、もっとゆっくり、楽しく、愉快に過ごせる生活を大切にする気持ちを
取り戻さなければならないような気がしています。
捏《こ》ねから焼き上がりまで、約十五時間かかる天然酵母のパンを一生懸命つくっている
小さなパン屋のささやかなメッセージを、読者に伝えられたら幸いです。

二〇〇五秋　山田和子

和子の強い想いは、その後に「こんがりパンや」の仲間たちが引き継ぎ、隣りの駅で今も変わらずにそのこだわりの味を守り続けてくれて嬉しい。

こんがりパンやのスタッフが毎日のように来なくなっても、ご近所で和子ととても仲よくしてくださっていた友だちが二人、毎日のように和子のもとへ通ってくださり世話をしていただいた。

昔、こんがりパンやのスタッフだった方と、もう一人は、肺がんで手術したことがある方だった。

二人とは長いおつきあいをさせていただいていたから、和子は気兼ねなく心の内を語ったり、弱音を吐いたりすることができたようだ。彼女たちがそうして和子の話し相手になってくれたこと、本当に感謝している。

ただ、その方たちからは、僕はいたって評判が悪かった。

「もっと親身に考えてあげて」

「和子ちゃんに優しくしてあげなさいよ」

和子のことを心から心配してくださっていたぶん、僕と顔を合わせる度に、そんなことを言われた。

僕は、目の前で少しずつ体力が落ちていく和子を見ているうちに、自分自身にも余裕がなくなっていった。

その頃、どんなことをして毎日を過ごしていたのか、細かい記憶が少ない。

これから先、いったいどういうことになってしまうんだろうと、本当に霧の中を手探りで進んでいるような、夢の中にいるような感じでその日その日をうつろに過ごしていた。

どうすればいいかわからなかった。

身動きがとれないで、自分を保つだけで精一杯だった。

終い支度と旅立ち

八月に入ったある日、和子が突然こんなことを言い出した。

「パンを焼いてくれない？」

序章で述べたホームレス支援のパンだ。

「大丈夫、簡単よ。あなたならできる」「あなたが焼けるレシピを考えたから。ここに書いてある通りにやればできるでしょ？」

僕はその一枚のレシピにはほとんど目も通さず、クリアファイルにはさみ、引き出しに仕舞った。

和子から手渡された一枚のパンのレシピ

イーストパン

＜材料＞

- みなみ 1000g
- 洗双糖 40g
- 真塩 20g
- インスタントドライイースト 7g

（A ふるうか、手でよくまぜる）

- なたね油 30g
- スキムミルク 10g
- 水 660g

（B）

＜作業手順＞

① Bを合わせておく

② Aを1つのボールに入れ まん中に くぼみをつくり ①を注ぐ

③ オーブンを220℃(上火) 190℃(下火)にセットする

④ ②を へらでまわりをくずしながら、水と粉をなじませていく。

⑤ もろっ子に入れこねる。ひとまとまりになったら なたね油を注ぐ。さらにつるっとした生地になるまでこねる。
そのまま フタをして1次発酵 30~50分とる
ボール、へらは洗ってしまう。

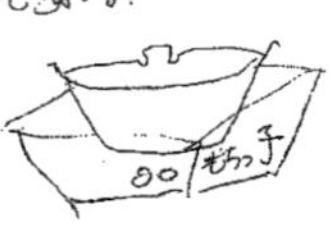

⑥ 50~60gに分割し、オーブンシートをしいた天板に並べる。キャンバス地、ぬれ布巾、ビニールをかぶせ 20分休ませる

⑦ ハサミでナナメにクープを入れ、焼く 12分。
出来上がり。

亡くなる十日前くらいから和子は「誰にも会いたくない」と言い出した。痛みが激しく、辛そうな顔を見せることは耐えがたかったのだろう。

二人で過ごす時間が多くなったが、和子はほとんど目をつむってまどろんでいた。二人になって、和子は昔の思い出を「あの頃楽しかったわね」とか「私の人生はこうだったわ」とか語ってくれるかな、と思ったが、ひとこともなかった。一人でこれから旅立とうとしているときに過去のことなんか振り返ってはいられないんだ、とその潔さに胸が詰まった。

気分が少しすぐれたある日、

「これを読んで」

とB5の用紙に書かれた一枚の紙を渡された。

足湯装置は私の病いが治ったら貸して下さっている方へ返して下さい。

Qビットのマット、ホットウェバー、Qビットチップは治ったらりっちゃんへ返して下さい。

湯たんぽ（トタン製）は高岸さんへ返してください。

電磁波カットマットレス（クリーム色）は由浦子さんへ返して下さい。

治ったら

その時は「わかったよ」と受け取ったが、いま思うに和子は、自分の死期が迫っていることを予感し、「私が死んだら」を「私が治ったら」に置き替えて僕を悲しませないようにして後片付けを託し、終い支度を始めたのではないだろうか。

人は、神様からか、何かの啓示によって自分の寿命を悟ったとき、死の準備というものを本能的に行うんだ、という不思議な思いにとらわれた。

間もなくして、和子は起き上がれなくなっていき、痛みと闘いながら一日中寝ていた。もう、トイレにも立てなくなり、世話は私がやった。

八月二十三日の夜中になって、爆発的な痛みが和子を襲った。緩和ケアの医師に電話をして指示を仰ぐと、モルヒネを増量するように言われ、投与したが、痛みはいっこうに収まらない。医師と話をしている電話口まで届く大きな声で「痛い、痛い」と和子は叫ぶ。医師はただならぬ事態を察し、十五分後、パジャマ姿で自転車に乗ってやって来た。強いモルヒネを打ったが効かない。量を増やすように指示したあと、いったん帰った医師が再び来たときには、和子は昏睡状態になっていた。

八月二十四日の午前五時過ぎ、和子は最期に息をひとつして亡くなった。

長男の元和は間に合わなく、僕と次男の和気と医師三人で和子を看取った。

五十七歳と四か月の早すぎる旅立ちだった。

あれだけ苦しそうにしていた和子だったが、息を引き取ったあとは、とてもおだやかな顔だった。

その日はカラリと晴れた、夏にしては爽やかな日だった。

はっきりとしたことはわからないが、痛みからしてがんは、すい臓だけじゃなく、あちこちに転移していたのではないだろうか。

和子には、自分の旅立ちについて、二つの希望があった。

「戒名はつけない」

「散骨してほしい」

山田家がずっとお世話になっているお寺に、相談した。

「戒名はつけたくないという本人の意志があるのですが、会場としてお借りする形で告別式をできますでしょうか」

戒名をつけず、お坊さんも来なくていい。そんな一風変わった告別式になったが、お寺の方もご理解くださり、無事に執り行うことができた。

和子の位牌には、「和」という字を一文字入れた。

和子の「和」。僕の名前の和夫の「和」。

「和子ちゃん、これでよかったかな?」

和子が亡くなってしばらくの間、僕は和子から手渡されたパンのレシピのことを、すっかり忘れてしまった——。

第四章

ひとりぼっち

これからどうすればいいんだ

和子が亡くなり、告別式を終え、こんがりパンやの店じまいをした。働いていたみなさんは、隣駅の近くに店舗を構え、こんがりパンやで生まれたレシピも引き継ぎながら、新しい店を始めることになった。

和子に関してのいろいろな手続きもひと段落してくると、山田家はそれまでの生活が嘘のように静かになった。

僕は、子どもの頃から大家族で育った。和子と一緒になって、息子たちが生まれて、同居する両親と合わせ、六人家族になりにぎやかに暮らした。こんがりパンやが始まってからは、よりたくさんの人が出入りして、ひときわにぎやかな家になっていった。

息子たちが独立したり、両親を看取ったりしたが、それでも寂しさは感じなかった。和子が元気なうちは、朝の三時からスタッフがやって来て、本当に慌ただしい毎日だった。和子をはじめ、わが家に出入りする人たちはみんなパワフルで、たまにぼやいたりしながらも、僕も元気をもらっていた。そして何よりも、和子の笑顔があった。

いまは、山田家で暮らすのは僕一人だけになってしまった。僕にとっても、この家にとっても、初めてのことである。誰もいなくなってしまった山田家には、時折、台所の冷蔵庫が思い出したように鳴らす「ぶいいいん」というファン音だけが響いていた。

パンの匂いがしない家で目覚める僕は、その日その日にするべきことが見つけられない。

この春には仕事を辞めていた。忙しい和子のこんがりパンやを手伝って、新しい生活を楽しもうとワクワクしていた。和子との別れは、そんな矢先の出来事であった。

サラリーマンは、仕事上でどんなに人脈があっても、会社を離れてしまえば、家に電話がかかってくることはない。現役時代の名刺は山ほどあるけれど、その名刺を見てこちらから電話をすることはもうない。家にかかってくる電話は、和子の知り合いばかり。もしくは、こんがりパンやへの問合せや注文だった。その度に僕は、主のいないこんがりパンやが店じまいしたことを伝え、受話器を置いていた。しまいには電話をとるのも億劫になり電話に出なくなった。

ポストに入る手紙も同じで、封書がたくさん入っていても、和子宛の手紙か請求書ばかりで、僕宛の手紙は一通も届かなかった。

〈仕事を辞めた〉

〈かみさんは亡くなった〉

〈そして、収入もなくなっていった〉

希望に満ちた新しい人生に、いざ一歩踏み出そうとした途端、はしごが外されてしまった。後にも戻れなければ、先に進む道も見えない。

「これからどうすればいいんだよ」

半年ぐらいは、夢の中にいたような気がする。何をしていたかさえ、あまり記憶にないくらいぼんやり過ごしていた。

こんがりパンやを閉店し、これからどうするのか。

リビングには、和子が購入した大きなオーブンが相変わらずドカンと陣取っている。

その頃、近所には次男家族が暮らしていた。

次男の和気は大学時代に写真を学び、カメラマンをめざしていたがパン作りを選んだ。

「せっかく名前も通っているし、閉店を知らないお客さんがパンを買いにくることもあるし、週に一度くらいならできるから、パン屋をやってみようと思う」

次男はパンについて本格的に勉強をしたことはないが、器用で、味覚も敏感で和子と似ているところがあった。二〇〇六年（平成十八年）に和子がドイツに数週間パンの視察旅行に行きたいと言ったときも、次男が途中で合流し、あちこちのパンを見て歩いていた。パンへの興味は多少なりともあったのだろう。

八月に和子が亡くなってから早いもので要町にも秋の涼しい風が吹き始めていた。

次男は、和子のレシピと、自分なりに作ったレシピで、週に一度だけ一人でパンを焼き始めた。こだわりの、芸術家の、そんな形容詞が似合うパンだった。

僕は次男のパン作りには一切手を出さなかった。

僕がやるとしたら、もっと庶民的な昔懐かしいコロッケパンや焼きそばパンを作ったと思う。方向性が違うので、一緒にやるとお互いにあまりうまくいかないと思い、一歩引いて見ているような状況だった。

「パンで生計を立てていくのかな。うまくいくといいな」と思いながら次男のやることを見守ったのである。

次男はそのうちに、パンを焼くことをやめ、クッキー作りを始めた。あるブランドの製造委託で、週のうち四日は、朝からわが家にやって来て、注文を受けてクッキーを焼き、午後六時の最終の集荷に間に合うように梱包し、手作りのクッキーを発送する。

クッキー作りは僕も少し手伝った。和子を亡くしてから数か月経ち、気力も少し出てきた。梱包が間に合わないときには駆り出され、クッキーの袋の数を数えたり、箱詰めを手伝ったりもした。

次男の嫁も孫たちも、わが家によく顔を出して僕を癒《いや》してくれた。生まれたばかりの孫を見ていると、やっぱりかわいいものだった。

次男とは同居せず、少し距離を置きながら、ちょうどいいバランスで過ごしていた。もしかすると、ひとりになった僕の様子を気にして、わが家での仕事を始めたのかもしれない。

僕の話を聞いてほしい

和子が亡くなってから半年が経とうとしていた。僕も、次男の仕事をほんの少し手伝いながら、徐々に自分の生活を取り戻しつつあった。

新しい年を迎えた二〇一〇年一月、大学時代の部活のOB会で、恒例の新年会があった。その新年会に出席するメンバーたちとは長いつき合いで、多くが和子の告別式に参列してくれたし、秋に改めて行ったお別れ会にも来てくれていた。僕の状況はみんなも知っているから、同年代の友人たちといろいろと語り合える機会だと思い、思い切って出かけることにしてみた。

〈きっとみんなも心配してくれているし、いろいろと聞いてくれるだろう〉

そんなふうに考えながら、会場に到着した。

しかし、僕を見かけても、「おう」といつものように挨拶をして、たわいもない世間話が始まるだけだった。「どうしてる?」とか「寂しくなっただろ」と声をかけてくれる人はいない。

今思えば、若い頃からの友人なんてそんなもので、一緒になってワイワイ騒げば、なんとなく昔を思い出して楽しい気分になるものだ。僕もきっと、和子の死がなかったら何とも思わなかっただろう。一次会は決められた席に着席しての食事会で、あまり込み入った話もできそうにないので、二次会こそはと思い、仲間たちに何度も声をかけてみた。

「二次会はさ、居酒屋に行ってゆっくり話そうよ」

僕のその訴えは聞き入れてもらえない。

「カラオケがいいよ。カラオケにしよう」

「いいね。行こう、行こう」

僕たちは、大学時代、混声合唱部だった。カラオケに行きたがるのもごく自然な流れである。居酒屋に行ったとしても必ず誰かが歌い出し、店中に響くような声で大合唱になるのがいつものパターンだった。誰が歌っても、本当に上手い。

結局、いつものようにカラオケになだれ込んだ。「話を聞いてもらいたいのにな」と思いながらも、僕も参加した。

カラオケに行けば、誰もが歌いたいわけだから、次々に曲名を入力し、みんなが画面の歌詞を見つめている。一人が熱唱したり、みんなで合唱したりの繰り返しが続く。即興のハモりも抜群だ。いつもの同窓会と変わらない様子で盛り上がっている仲間たちを見ていると、僕の気分はますます落ち込んだ。

それまで僕は、和子ががんになり、あっという間に亡くなってしまったことに関して、自分の気持ちを誰かに話したことはなかった。自分の中で整理もできていないので兄弟にも、親せきにも、もちろん息子たちにも、話す気にはなれなかった。

でも、学生時代の友だちなら話せるかもしれないと思った。これまでの経緯を、今の気持ちを、誰かに話を聞いてほしかった。

「もう二度とこのOB会には出ない」

僕は不機嫌になって、そう宣言して帰宅した。

その新年会では話を聞いてもらえなかったものの、発見があった。和子を失ったことがトラウマになっていた僕の胸のつかえを誰かに聞いてほしかったのだということに気がついたのだ。

僕は、いまの自分の気持ちを話したい。でも聞いてくれる人は誰もいない。

もし僕から「話を聞いてくれ」と頼めば、きっと身近な人は聞いてくれたと思う。でも、頼める相手を探すことができなかった。

傾聴ボランティア

忘れられないことがある。定年退職が近づき、わりと自由時間が取れるようになった僕は月並に何か社会に貢献できるようなことをしたいと考えた。

きっかけは、豊島区の広報紙だった。「傾聴《けいちょう》ボランティア募集」という文字が目に止まった。

「傾聴って何だろう」

そんな興味から「傾聴ボランティア」を養成する講習会に通うことにした。

傾聴とは、耳を傾け、相手の話をじっくり聞くことだ。ただ聞くだけではなく、相手が話したいこと、伝えたいことを、受容的・共感的に聞くということである。

豊島区の傾聴ボランティアは、高齢者施設や一人暮らしのお年寄りの家を訪れ、ボランティア活動として傾聴することを目的としていた。

話を聞いてほしいお年寄りがたくさんいるんだということも、講座を通して改めて知ることができた。

その講座に出たことで、今まで見えなかったことが見えるようになっていった。

「傾聴」というキーワードを通して周りを見回すと、いろいろな場面で傾聴している人が見えてくる。

例えば、福祉事務所に行くと、カウンターに来ているおばあさんの話を、相談窓口の職員さんが、「ええ、ええ。そうなんですか」と聞いている。一生懸命話しているおばあさんの手をとり、うなずきながら聞いている。僕は、父の介護のことで福祉事務所に手続きをするために行っていた頃、「ああやって話を聞いてもらいに来ている人もいるんだなあ」と他人事のように思っていたが、傾聴について学んでから同じ光景を見ると、

「あんなふうに話を聞いてもらえることで、ずいぶん気持ちが楽になるだろうなあ」

と思うようになった。

講座をひと通り受けて、少しは傾聴ができるようになったかなとは思ったが、その後、父や和子の体調が悪くなっていき、実際に傾聴ボランティアの活動をするには至らなかった。

父が亡くなったすぐ後に、近所でよく行き来のあった僕の友だちが一周忌を迎えた。その友だちもやっぱりがんで、がんだとわかってから四か月ぐらいで亡くなってしまった。

僕は、もう一人の友だちと一緒に、お花を持ってお線香をあげにうかがった。僕はそのとき、今日は亡くなった友だちの奥さんの話をしっかりと傾聴してあげようと、心がけて訪ねた。

傾聴はなんとなくできるものではなく、それくらいの強い思いを持って臨まないと、できないと教えられた。

「ああ、そうですよね。そういうことってありますよ。実は私も、この間……」

相手の話を聞いているつもりでも、そんなふうに、つい自分の話をしてしまったり、相手の話を取ってしまったりすることが多くある。

人は一人一人感じ方も考え方も違う。置かれた状況も全く同じなどということはありえない。たとえ家族ががんだということを経験していたとしても、それはそれぞれ別の体験であるし、その人の体験やその人の気持ちは、その人だけのものなのである。

今日は傾聴するぞと意気込んでいた僕は、正直なところ何もできずにいたが、一緒に行った友人が、奥さんの話を見事に傾聴していた。彼とは「傾聴」について話したこともなければ、そんな勉強をしたとも聞いたこともない。

奥さんは一時間半くらい話しているうちに、顔色がパーッと華やかになり、スッキリと、さわやかな顔になった。

これには驚いた。その様子を間近で見ながら、傾聴とは本当にすごいものだと思った。

大学のOB会で「話を聞いてもらえなかった」と、しばらく子どものようにすねていた僕は、「聞いてほしい人」の立場に立って、傾聴ボランティアを思い返した。

和子のレシピに隠された謎

ある日、僕を再び社会に一歩踏み出させる小さな事件が起きた。

朝起きて二階から階段を降りてくると、こんがりパンやのために改装した玄関が目に入る。右手のドアを開けてリビングに入れば、正面にあの大きな業務用オーブンが鎮座している。

次男は、週に四回わが家に通っていたが、焼くのは注文を受けたクッキーだけで、パンはすっかり焼かなくなっていた。

「何か忘れものがあったような気がする」

そのオーブンを見る度に、僕はそれを思い出そうとした。

しかし、それが何か、どうしても思い出すことができなかった。

OB会の新年会が終わり、僕も何かできることから動き出そうという気分になってきたとき、はっと思い出した。

「パンだ！」

僕は二階に駆け上がって、和子のものをまとめて仕舞ってある段ボールを押入れから出した。確か、B5の紙に鉛筆で書いてあるパンのレシピを和子から渡されていたはずだ。

「あの紙、どこに片付けたかな。確かクリアファイルに入れた覚えがあるぞ」

いくつかダンボールを開けて探してみると、中も見ることなく、無造作に突っ込んだ書類やノートの中から、クリアファイルにはさまれた、僕のための和子の手書きレシピが出てきた。

「これだ、和子から渡されていたのは」

思い出してきた。和子が亡くなる三週間前くらいに渡されたパンのレシピだ。

「和夫ちゃん、忘れていたでしょう」

手書きのレシピから和子の声が聞こえるてくるようだった。

改めて、というより初めてレシピを読んだ。

イーストパン

〈材料〉

（A）

ふるうか、手でよくまぜる

みなみ　1000g

洗双糖　40g

真塩　20g

インスタントドライイースト　7g

なたね油　30g

（B）

スキムミルク10g

水　660g

〈作業手順〉

①（B）を合わせておく
②（A）を1つのボールに入れくぼみをつくり①を注ぐ　窪み　まん中に
③オーブンを220℃（上火）190℃（下火）をセットする
④②をへらでまわりをくずしながら水と粉をなじませていく
⑤もちっ子に入れこねる。ひとまとまりになったらなたね油を注ぐ。さらにつるっとした生地になるまでこねる。そのままフタをして1次発酵30〜50分とるボール、ヘラは洗ってしまう
⑥50〜60gに分割し、オーブンシートをしいた天板に並べる。キャンバス地、ぬれ布きん、ビニールをかぶせ20分休ませる。
⑦ハサミでナナメにクープを入れ焼く　12分。
出来上がり

和子の言葉を思い出す。

「お願い、パンを焼いてくれない？」

「あなたでも焼けるレシピを考えたの」

体力がなくなり、自分ではもう作れなかったホームレス支援のパン作り。あとを引き継いで

続けてほしいと病床から一枚のレシピを言付《ことづ》けた和子。「やってみようかな」これなら僕でも作れそうだ。〈和子の思いを叶える手伝いをしてやりたい〉僕はいつの間にかレシピを持って台所の前に立っていた。

僕とパンの出会いだ。

次男がクッキーを焼きに来ない日を見計らって、ある水曜日に、ひとりでこっそり挑戦した。次男がパンを焼くときの材料がどこかに残っているはずだ。レシピを見ながら、国産小麦と洗双糖、天然塩を探し出した。

次男が焼いていたパンは、見た目もこだわったおしゃれなパンだったが、僕が焼こうとしているのは本当にシンプルなパンだ。

「あいつに見つかったら、レベルの低いパンだとか言われそうだな」

僕がパンを焼いているのは息子には秘密にしておこう。ちょっとした親父のプライドである。

約半量の材料を混ぜて木ベラでよくかき混ぜ、残りの粉を加えてさっくり混ぜる。なんとなくパン生地のようになった。

作業台に取り出してこねて、手につかなくなって、ひとまとめになってきたら、ボールをかぶせてベンチタイム。少し寝かせてから、数回軽くこねて生地の出来上がり。

「なんだ、やればできるじゃない」

発酵させたり焼いたりする間、手が空くので洗いものをしなさいとか、細かいことまで和子は書いてある。

「そんなことまで書かなくてもいいよ」

僕は反抗期の子供のような気持ちでつぶやく。

でも、もう和子の声は返ってこない。

少しずつ分けて、成形して焼き上げると、久しぶりに家中がパンの焼けた香ばしい匂いでいっぱいになった。オーブンから取り出してみると、なかなか美味しそうなパンになっている。

「俺も捨てたもんじゃないな」

少し冷まして、一口ちぎって食べてみた。

「ん？　ちょっと固いなあ」

今ならすぐにわかることだが、失敗の原因は発酵不足だった。

一次発酵まではできていたが、本来ならその後、生地を分割し、丸めてベンチタイムをとり、成形、そして2次発酵をするという手順がある。しかし、かなり短縮して、一次発酵させたものをいきなり分割し、丸めてすぐに焼いていたのである。

焼き上がりが固くなってしまうことをどうやって改善すればよいかわからないまま、その作り方で、ひとりで焼き続けた。

おそらく、息子に聞けば固くなってしまう原因や改善策を教えてくれたのであろうが、そこは意地を張ってしなかった。

レシピを何度も見返して、レシピの通りにやってみたものの、なかなかうまくいかない。ただ、美味しいとまでは言えないが、食べられないわけではない。

和子が元気だった頃、こんがりパンやで残ったパンを引き取って、ホームレスの人たちに配っていた「てのはし」という団体に連絡して毎週水曜日にパンを取りに来てもらうようにした。

「水曜日はゆっくり休みたいから、クッキーを焼きに来るなよ」

僕はそう次男に伝え、彼に内緒で毎週朝からひとりでパンを焼いた。僕の焼いた少し固いパンを、「てのはし」の人に取りに来てもらうように電話した。五十個焼いて、五十個渡す。少し固いのが毎回気になりながらも、特に何も言わずに渡していた。

「本格的ですね。ドイツ系の固いパンなんですね」

パンを受け取りに来てくれる人にそんなふうに言われたが、本来の仕上がりはもっとふわふわのイメージだった。

「いやあ。あはは」

〈そうじゃないんだよ〉と思いながら笑ってごまかすしかなかった。

和子はレシピの最後を「出来上がり」と元気な言葉で締めくくっている。僕はこの「出来上がり」という言葉に引っかかった。

路上生活をする人たちに配るパンを作っているわけだから僕に「出来上がったわ、さあ召し上がれ」ではないだろう。

もうひとつの目的があり、和子から僕へ向けた何らかのメッセージではないだろうか、とそう考えた。謎を解く鍵はやはり僕にあるだろう。ひとりぼっちになった不器用な僕が、社会と少しでも関係を持って、生きていけるように、またしてほしいと願って「支援のためのパンのレシピ」を渡したのではないだろうか。「『出来上がり』さあ、そのあとはあなたが考えるのよ」とする和子のメッセージだったのであろう。そうに違いない、と僕は思う。

「社会とのつながりを持ち、工夫して生きていけば一人でも寂しくないよ」という和子の熱い〝妻心〟が隠されていたのではないだろうか――。

息子に教わったパンの改良

和子がいなくなって初めてのモクレンの季節が巡ってきた。ひとりでパンを焼き始めてから、三か月近くが経とうとしていた。

こんがりパンやがなければ、訪れて来る人もいない。和子を訪ねてやって来る人もずいぶん少なくなった。この年の「もくれんカフェ」はお休みにした。

モクレンが咲いても、いつもと変わりない一日が過ぎていく。

「親父さぁ、パンやってるの？」

クッキーの作業を手伝っていると、次男にふいに尋ねられた。

パンを焼いている形跡が残っていたのか、材料が減っていくのに気がついたのか、オーブンの様子が違ったのか。僕の態度が何かを隠しているようだったのかもしれない。

そのときに気がついたのではなく、もしかするとずいぶん前に気がついていたけれど、僕が言い出すのを待っていてくれていたのかもしれない。

「ああ、そうだよ」

僕は、何食わぬ顔で答えた。

「へえ、そうなんだ」

僕たちの関係はなんともおもしろいもので、僕は言い訳もせず、息子は深く追求もせず、あそうですかといった感じでクッキーの作業を続けた。バレてしまったなら仕方がない。僕はそう開き直って、疑問に思っていたことを次男に相談することにした。

「でも、ちょっと焼き上がりが固いんだよな」

「ホイロ、使ってる?」

次男によると、大きなオーブンの機械の一番下に、僕が使ったことのない機械がひとつあり、それがホイロだということだった。

ホイロは蒸し風呂のような、スチームサウナのような状態を作る機械である。パン生地の形を整えてすぐに焼いてしまうと、十分に膨らまず、固くて食感のよくないパンになってしまうということだ。ホイロを使えば、風味や香りもよくなると言う。

僕は、ホイロの使い方も知らない。

「これは使ったことがないな。どうやって使うんだ?」

次男にホイロの使い方を教えてもらい、焼いてみると、柔らかくてフワフワのパンに大変身した。同じ材料のパンが、発酵によってこんなにも違うものに仕上がるのかと驚きもした。

それ以降も、次男と一緒にパンを焼くことはなく、僕ひとりで作り続けたが、ホイロを使うと安定して美味しく仕上がるようになった。

そしてさらに、少しずつ改良を重ねていった。

米粉を入れるとモチモチしてもっと美味しくなると知り、チャレンジしたこともあったが、それを使うと少し高くつく。米のほうが安いので、米を細かくして入れてみたが、粉のようにすることはができないため、米の固い粒子が残ってしまう。米粉はもとは米だから、なんとかして応用できないかと考えてみた。

ある日、それなら炊いたご飯を入れてしまえばいいんじゃないかとひらめいた。ご飯なら混ぜてしまえば大丈夫かもしれない。

暖かいご飯を少し生地に練り込むと、モチモチでしっとりした仕上がりに、翌日になってもフワフワで見た目もツヤツヤになる。配分もいろいろと試した結果、一・五キログラムの粉に握りこぶし一個分ほどのご飯を入れて焼くのがちょうどよいとわかった。

こうして、僕もようやく、「ドイツ系の固いパン」ではなく、「フワフワでモチモチの美味しいパン」が焼けるようになっていった。

東日本大震災

パンをひとりで焼き始めて一年が過ぎ、二〇一一年（平成二十三年）を迎えた。

僕は少しずつ自分のペースを取り戻し、気持ちってもポジティブになってきていた。

もともと好きだったオートバイに乗らなくなってずいぶん経っているが、春に向けて、久しぶりにツーリングの予定を立ててみたいと思うようになった。

「バイクも久々に買い替えようかな」

ヤマハのセロー（SEROW）、色はグリーンに決めた。セローはオフロードバイクの中でも初心者から熟練者まで幅広いバイク愛好者に人気があり、一九八五年から製造されているロングセラーのモデルである。少し荒れた林道でも、街乗りでも快適に走ることができ、車体も軽く、扱いやすいので、これまでにも何度か乗ったことがある。

納車は三月一日に決まった。

「少し近場で慣らして、暖かくなってきたら、ツーリングに出かけよう」

和子と行ったことのある、東北の三陸への旅行計画を立ててみた。

待望のバイクも納車されると、早く走り出したくてしょうがなかった。春になり花が咲き、新芽が美しい道を、風を切ってバイクで走ることを想像しながら過ごした。

三陸のホヤと日本酒も楽しみだった。

二〇一一年三月十一日。金曜日の昼下がり。僕は一人で家にいた。その日は息子とのクッキー作りの作業はお休みだった。

「地震だ」

家全体が大きく横にゆらゆらと揺れはじめた。今までに感じたことのない、大きく、長い揺れだ。窓はきしみ、窓から見える電柱はグラグラと揺れて見えた。

一階はほとんど被害を受けることなく大丈夫だったが、揺れている最中に、二階でガシャーンと何かが落ちて割れる大きな音が聞こえた。わが家は、築年数は古いが、十分な耐震構造なので落ち着いていたものの、午後二時四十六分から六分間もの長い間、揺れは続いた。

最初の大きな揺れが収まると、次男が近所の自宅からすっ飛んで来た。

「大丈夫？」

お互いに無事を確かめ合い、テレビをつけた。どこのチャンネルにしても、「緊急地震速報」がずっと流れている。

「かなり揺れたな」

二階で割れた音が聞こえていたのを思い出し、スリッパを履いて様子を見に行くと、大事にしていたワイングラスが戸棚から落ちてすべて割れていた。お気に入りのグラスで、一階に置いておくと割れてしまうかもしれないと思い、大事に仕舞っておいたものだ。

「一番大事な物だけ壊れるんだな」

幸いなことに、家の被害はそれだけで収まった。

未曾有の震災となった東日本大震災である。

東京都豊島区の震度は5弱だった。

あの日から、日本中が、平常心ではいられなくなってしまった。東北を襲った未曾有の津波。

福島第一原子力発電所の切迫した状況。刻々と伝えられるニュースは見るのも辛い惨状ばかりで胸を塞がれた。

次男は、インターネットを中心に情報を集めていた。テレビのニュースでは「直ちに問題はない」と言われているものの、インターネット上では全く状況は異なっていた。何が正しくて何が間違っているのか、情報が混乱して何を信じていいのかわからない状況だった。

震災後三日目には、横浜に住んでいる私の兄から連絡があった。

福島原発の放射能汚染が広範囲に広がっていた。

「俺たち夫婦と娘と孫で、今日から沖縄にしばらく行ってくる」

次男も生まれたばかりの子どもがいたので、

「東京には居られない」

西の方へ引っ越すと言い出した。僕は、正直なところ、過剰反応じゃないか、そんなに慌てて行かなくてもいいじゃないかと思っていたが、大丈夫だという確信などあるわけがなかった。

あの頃、東京は節電しなければならないこともあって、スーパーマーケットやコンビニエンスストアの照明は落とされ、にぎやかな繁華街でも明るさが半減していった。陳列棚からは商品が消えはじめ、ミネラルウォーターも手に入りにくくなった。東京では計画停電が進み僕が住む要町一帯も計画停電の区域に入った。

いつ停電になるか、買いたい商品はいつ入荷されるのか。そして、何よりも原発は大丈夫なのか。不安な要素がいくつも重なって、僕たちは不安な空気に飲み込まれていっていた。

次男家族、京都へ移住

次男たちのように、放射能汚染を怖れ、多くの人が東京を離れようとしていた。

次男の仕事は、受注を受けてクッキーを焼き、発送するというものだったから、どこに住んでいてもクッキーさえ焼く場所があればできた。インターネットで情報を集め、移住先として高知県の四万十川辺りも検討していたが、最終的に、次男の家族は、京都に引っ越すことになった。

レンタカーでトラックを借りて、アパートの荷物を積み、わが家にあるクッキーを焼くための道具を積み、僕と次男の二人で交代しながら運転して、東京と京都を二往復した。

次男が移住を決めた京都の街はとても感じのいいところだった。京都御所や金閣寺がほど近く、機織りが盛んな下町。

引越し先は、そんな下町にある長屋に決めた。シャワーはあるけれどお風呂は無いというので、「今どきそんなところで住めるのかな」とも思ったものの、行ってみると、すぐ近くに銭湯が二軒もあり、ここに住んで銭湯に通う生活も楽しそうだなと安心した。

「お母さんと赤ちゃんが先に引越してきはるの?」

「これよかったら使ってくださいね」

次男はもう一度僕と往復して荷物を運び込むために東京に戻るということを話すと、近所の人たちが布団や子どものおもちゃを持って来てくれたり、ご飯やお菓子を差し入れてくれたりした。京都の人はよそ者に冷たいというイメージがあったが、そんな心配は無用で、ご近所の方もとても温かく迎え入れてくださった。

京都に来ると、和子との新婚旅行を思い出した。

もうずいぶん昔のことだが、昨日のことのようにも思えてならない。

その街に次男の家族が暮らすのも、悪くないなと思った。

四月十七日、次男が京都に移る前に、二人で外で夕食を食べた。次男と遠く離れて暮らす前の最後の食事だった。お正月には家族で帰ってくるとしても、遠く離れてしまったので二人きりで食事をすることはこれで最後かもしれなと、センチになりながら食べた。

僕は、二人の息子たちの中に、時々、和子がいるなと感じるときがある。特に、次男は、これと決めたらトコトン突き進むところがあり、そういうところも含めて、和子のイメージがとても強い。

それはとてもいい面でもあるのだが、こと商売となると、親としては気になってしまう。

「写真学科を卒業して、社会人として採まれる機会があまりなかったから、これから営業的に苦労することもあるだろう。うまくいかないときは、そのまま諦めるんじゃなくて、どうすればうまくいくかを考えるといいよね」

親のいらぬ心配だろうが、食事をしながらそんなことを話した。

向こうで次男を見守ってくれている和子も、きっと心配して、そんなふうに言っただろう。

外の世界へ踏み出せない

次男の家族が京都に引越して、とうとう、本当にひとりぼっちになってしまった。だからどうということはないと思ったものの、震災後の不安な空気と孤独ほど、辛いものはない。ひとりぼっちが、ボディブローのようにジワジワと効いていった。

震災以降はパンを焼くこともやめていた。もう、パンを焼きたいという気持ちになれなかった。水曜日、パンを取りに来てくれていた人に、毎週こんなメールを送っていた。

「今週もパンは焼いていませんので、申し訳ありませんがお渡しすることができません」

そのうちに、メールもしなくなってしまった。

パンを焼く必要はなくなった。

しなければならないことがなくなったので、楽しみにしていたツーリングに行く時間は十分にできたはずだが、気分が落ち込んで到底そんな気にはなれない。納車したばかりの新しいバイクは、誰にも乗られることなく、わが家の裏でカバーをかけられホコリを被ったままだった。

和子と仕事を失って、半年あまり電話や手紙も和子宛のものばかりで、定年退職後のサラリーマンの悲哀とはこういうものかと思いながら過ごしていたが、そのときには、それでもまだ、やらなければならないことがあった。

和子のものを片付けたり、次男のクッキーを手伝ったり、自分自身で動き出したパンのことをやったりして、それなりに充実した時間を過ごすことができた。

しかし、東日本大震災の後、次男の家族が京都に移住してからは、パンを焼くことをやめてしまったため、家にやってくる人がぱったりと途絶えてしまった。僕が自分から外に出なければ、一日中、何も起こらない毎日が続いた。

次男の家族が引っ越して寂しいことに加え、するべきことや、したいことが何もなくなってしまい、自分の中からなにかをしたい、という意欲が湧かなくなっていった。

相変わらず郵便物は和子宛のものばかり。たまに訪ねてくる人も、こんがりパンやのお客さん。ご飯を作ることも食べることも面倒になっていく自分がいた。

息子の弁当を作ったり、パン屋のスタッフの朝ご飯を作ったり、父親のご飯を作ったり、と人に作るご飯は楽しいものだった。もっと美味しいものを作ろう、もっと工夫してみよう、食べる人をアッと言わせよう、和子が驚くぞ、そうして、食べてくれる人がいてこそ、料理は楽しい。誰かと一緒にご飯を作るのも楽しいものだ。けれど、自分が食べるためだけに、料理をする気にはなれなくなっていた。

振り返ると、あの頃は鬱のような症状だったのだと思う。

和子を失ったあと、このままの人生ではダメだと、自分をリセットしたはずなのに。

週に一回だったが、やっと一人でパンも上手く焼けるようになり、新しいバイクも納品されて、気持ちも前向きになり、ツーリングに出かければ何かが動き出すような期待があり、「さあ、これからだ」というときに、再度打ち砕かれてしまったのだった。

目が覚めると起きて、お腹が空くまではリビングで一人、何をするでもなくじっと座っている。誰とも話すこともない。下手をすれば、起きてから寝るまで、ひと言も声を発しない日もあった。

家に来るのは野良猫やスズメぐらいのもので、訪れる人はほとんどいない毎日がずーっと続く。

次男が京都へいく前に、二人で食事をしながら話していたことを思い出した。

「うまくいかないときに、どうするかだ」

自分で立ち上がるしかないと自分でもわかっていた。

「じっとしていても、何も始まらない。何かアクションを起こさなければ」

そう思えば思うほど、身動きがとれなくなっていった。

心と行動は別物だ。考えれば考えるほど、ますます、自分の殻に閉じこもり、外の世界へ踏み出すことができなくなってしまった。

思い出の和室をひとりで改装

再び外との関係が作れるきっかけとなったのは、和子が寝ていた一階の和室の改装である。

東日本大震災が起こる前は、次男もこの家を使って、何か仕事ができないかと考えていた。部屋を庭のほうに広げて、庭からの入り口を付け、小さなカフェに改装しようという構想で、設計士や大工、ペンキ屋などとの打合せも途中まで進めていた。

その後、次男が京都に移住したことでその話は一旦なくなったが、いずれ和室は改装したいと思ってはいた。

「カフェはやめて、元の部屋に近い状態のままで、改装をしてみようか」

天井のベニヤ板が老化のためブヨブヨと波打っている。和子が居た場所である。放っておくのはかわいそうである。

ようやく、「何かしよう」という気持ちが動き出した。

「業者に頼まず、自分一人でやってみよう。自分のペースでやればいい。時間はたっぷりあるんだから」

一人暮らしだし、誰も来ない家になってしまっていたから、その和室を誰かに見せるあてや、何かに使うあてもなかった。

「ぼんやりしていても仕方がない。何かしなくちゃ」

自分でしたいと思って動きはじめると、少しずつだが、でも確実に作業を進めることができるようになった。

まずは、ブヨブヨと波打っていた天井の板をすべて外し、三ミリのベニヤを塗装して貼り替えた。脚立に乗って、手を伸ばしての作業は大変で、元の板を外すのも大仕事となった。家を建ててからたまっていた長年のホコリが信じられないぐらい上から落ちてきた。

壁を珪《けい》藻《そう》土《ど》で塗り替えると部屋が明るい印象になった。

三か月間、一人で黙々と作業を進め、気がつくと夏になっていた。

一人での改装はなかなか進まなかったが、手をかけた分だけ、少しずつでも確実に変化していく部屋は、僕を励まし、明日への意欲につながっていった。

自分一人で和室の改装を始めたのには、和子と考えていたアイデアを実現させたいという理由もあった。「この改装には和子も参加しているんだ」と思うことが僕の背中を押してくれた。

和子が元気な頃、和室のふすまがずいぶんくたびれてきていたので、張替える紙をどうしようかと和子と考えていたことがあった。

オーダーメイドで和紙を作ってくれる和紙工場へ二人で出かけ、いつもパンの材料の小麦を仕入れている農家さんにお願いして送ってもらった小麦藁を混ぜ込み、一枚だけ、見よう見まねで二人で和紙を作った。それを見本にして、必要な量を注文してあったのだ。

ずいぶん前に届いていたその和紙が、押し入れに眠っているはずだ。

「あの和紙を、ふすまに張替えるときがきた」

古いふすまに水をつけ、糊をはがしていくと、中からしっかりとした素敵な木枠が出てきた。

ふすまは両面に紙を張るが、それではその木枠が見えなくなってしまう。

「この細工、見えるようにしたいな」

ふすまだった木枠をそのまま障子のように生かして、片面だけ張ることにした。

すると、ふすまの中に隠れていた木枠と、和子と一緒に作った和紙が調和して、美しい仕上がりになった。

型にとらわれない自由な発想は、和子の得意とするところだ。きっと、喜んでくれていると思う。

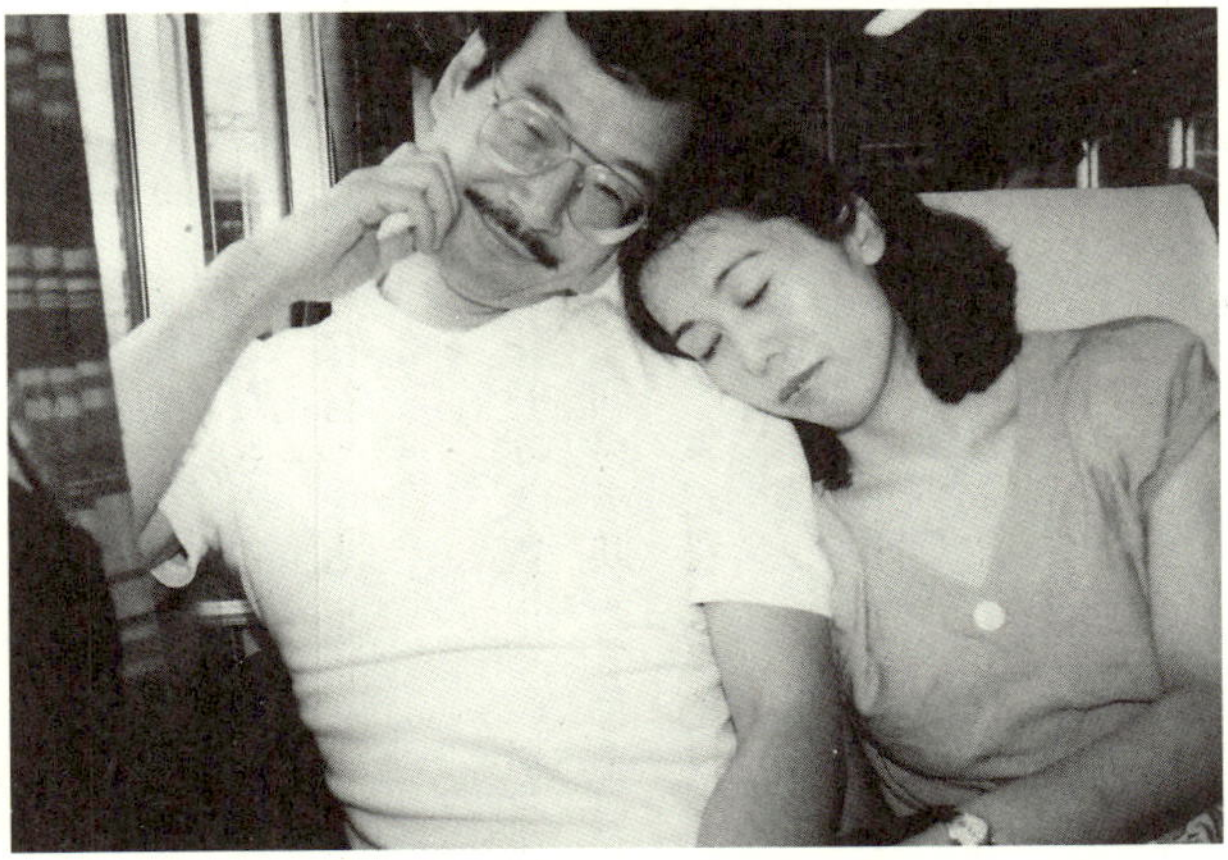

2001年（平成13年）家族旅行のスナップ。次男和気が撮影。

2009年（平成21年）和子のお別れ会に集まってくれた家族、そして元「こんがりパンや」のスタッフ、友人など。

和子に逢える場所

ただ、和子のお骨は、ずっと家に置いていた。ずっとずっと手元に置いておきたかったが、亡くなってすでに一年半が過ぎようとしていた。和子もそろそろ旅立たせなければならない。二〇一一年、震災の前の一月八日に火葬場で粉骨をしてもらっていた。でも散骨を希望したものの、お墓の中に親父やお袋の骨しか入ってなく、和子のお骨が全くないのは、墓参りに行っても、寂しいと考えて、半分を散骨し、半分をお墓に入れられるように準備していた。

それが、三月の東日本大震災で、散骨する機会を失ったままになっていて、二〇一一年の八月で、はや二年、三回忌を迎えてしまった。

和子が喜ぶように、みんなでワイワイと楽しくやりたいと、孫たちも一緒に行ける夏休みに、散骨をすることにした。

僕たちはよくふたりで北関東のある場所へ水芭蕉を見に出かけた。水芭蕉といえば尾瀬を思い浮かべるが、ハイシーズンには大変な人でにぎわう。せっかく自然の中へ来たのに、行列に並んでまで水芭蕉を見たくないというのが二人の考えだった。

僕たちは、あるとき、人が少なく、水芭蕉も楽しめる穴場を見つけた。スケールは小さいながらも、あまり知られておらず、誰にも会うことがないので、木道で昼寝ができる。その近くのブナの原生林も、静かで落ち着く場所だった。

そのブナの原生林があるところは、本当に静かで、鳥の声と風の音だけが聞こえるところでいつ行っても心が洗われるようだった。

散骨に行ったときにはもう水芭蕉はもう終わっていた。和子を偲んで集まった親せきは十人以上。駆け回る子どもたちの楽しそうな声が響き渡り、幸せなひとときだった。

鳥の声と走りゆく風の音に和子の気配を感じた。

ここにくれば和子に逢える。僕にとって、今まで以上に大切な場所になった。

そしてやっともっと先に進もうと思い始めた。

「待っていても何も起きない。動き出さなきゃ」その感覚が自分の中に生まれていた。

骨壺と夫婦《めおと》湯飲み茶碗

散骨をして残った骨を入れる骨壺をどうしようかと迷った。

子ども用の小さい骨壺もあるが、和子には似合わないような気がした。

「鴨川に移住して、陶芸をしている知り合いがいるよ。彼に頼むと、母さん好みのいい骨壺を焼いてくれるかもしれない」

京都に暮らす次男が、そう教えてくれた。

千葉県鴨川市、南房総に位置するその街は、気候も温暖で、都心からも一時間ほど。移住する若者も多い。

僕はバイクに乗って、鴨川まで出かけていった。

三月一日に新車で納車されてから、カバーをかけられたままだったあのバイクに乗る時がやってきた。

和子と小麦の工場に出かけたことや、和紙の工場に出かけたことを思い出しながら、バイクを走らせた。初夏の風が心地よく迎えてくれる。

陶芸家といっても、普段は茶碗や湯のみなどを作っている方で、骨壺を焼いたことはなかったようだ。彼の作った作品が並んでいて、どれをとっても僕も和子も気に入るものだった。お任せすれば、いいものができそうだと思った。

事情を話すと、驚いたがすぐにうなずいてくれた。和子のイメージと、だいたいのサイズを伝えて、オーダーした。

しばらくして、仕上がった骨壺が手元に届いた。箱を開けると、丁寧に包まれた骨壺が出てきた。優しい風合いの仕上がりで、一目見て気に入った。

箱を見ると、まだ何か入っているようだ。

「これは何?」

何か間違えて入っているのかなと思って包みを開けてみると、骨壺と同じ風合いの湯飲み茶碗が二つ、顔を出した。僕の分と和子の分だった。

メモが添えてあり、その湯飲み茶碗はプレゼントだとあった。

喜んで受け取り、一つは和子の写真の隣りに置いて、毎日お茶をあげるようにしている。僕は毎日、もう一つの湯飲みでお茶を飲んでいる。

二〇一一年の八月、和室の改装もずいぶん進み、ようやくゴールが見えてきた。改装が終わったら次は何をしようかと考えたりもした。

水曜日のパンはそのままもうフェードアウトしていってもいいかな、でもこのオーブンがもったいないないなと思いをめぐらせていたとき、一本の電話が鳴った。

ホームレス支援の「てのはし」からの電話であった。

第五章

あさやけベーカリーと子ども食堂

一本の電話が僕を救ってくれた

「パンを焼いてください。お手伝いしますから。パンを焼くお手伝いをしたい人がたくさんいるんです」

電話の主は、以前、パンをお渡ししていた路上生活をしている人の自立を支援する「てのはし」の男性スタッフからであった。後から知ったのだが、「てのはし」の元代表で、現在は「世界の医療団」東京プロジェクトチームの職員として働いている中村さんという女性が、その男性スタッフに電話をかけるようにうながしてくれていたそうだ。

電話を受けながらリビングに陣取っているオーブンに目をやると、しばらくパンを焼いていないにも関わらず、圧倒的な存在感を放っていた。

和子が亡くなってから、和子の残した一枚のレシピを頼りに、僕は一人でパン作りに挑戦した。下手は下手なりにパンを焼き、ホームレスのみなさんに配るものを作っていた。しかし、東日本大震災後に気分が落ち込んでしまい、それ以来、半年近く鬱状態になりパンを焼こうという気持ちにはなれず、オーブンは静かに眠ったままでいた。

だから僕は、自分一人でパンを毎週焼き続けていく自信はなかった。でも、誰か手伝いに来る人がいるなら、もう一度できるかもしれないと思った。

僕はやっぱり、どこまでも寂しがりやで甘ったれなんだ。誰かに認めてほしいと思う。趣向をこらした得意の中華料理も、「美味しいね」と言ってくれる人がいないと作り甲斐がない。庭の木を切った後、通りがかりの人に「さっぱりしましたね」と言われることで、うれしくて剪定する。

「誰かお手伝いに来てくれる……。じゃあ、やってみましょうか」

早速、翌週から始めることになり、約束をして、電話を切った。

久しぶりの来客だ。ひとりで好きなときに起きて好きなときに食事をし、あまり人とも触れ合うこと無く暮らしていた僕だが、少しは掃除をしておこうとポジティブな気持ちになった。

「こんにちは」

翌週の水曜日のお昼過ぎ、玄関から明るい声が聞こえてきた。

リビングのガラス戸からのぞいてみると、小柄な女性が五人の男性を引き連れて玄関の前で立っている。ガラス戸を少し開けて顔を出すと、こちらを向いて、にっこり笑って会釈をしてくれた。その女性が中村さんだ。中村さんとは、「てのはし」の新年会で前に一度お会いしたことがあり、名刺を交換していた。学生時代からホームレス支援の団体を立ち上げ、活動を続けているという三十代前半の感じのいい女性だ。

僕は、こんがりパンやのスタッフが女性ばかりだったこともあり、手伝いにくる人は全員女性だと思い込んでいた。しかし、中村さんの後ろを見ると、大きな体の男性や、華奢な男性が緊張した面持ちで立っている。

「この人たち、パンを焼けるのかな？」

ちょっと疑問に思ったが、この日は顔合わせだけでなく、早速パンを焼くことになっていたので、とりあえず、すぐに作業に取りかかった。

「さあ、どんどん焼きましょう。教えていただかなければできませんから」

中村さんは悪びれる様子もなく、くったくのない笑顔で僕を急がせる。

中村さんも含め、手伝いに来た人たちは誰一人としてパンを焼いたことがない。

僕だって、人のことが言える立場ではない。焼けるパンは和子が残してくれたレシピだけのたった一種類だ。人に教えるなんてとんでもないことなのだが、僕が教えるしか手はない。だから、それはもう大変だった。

手伝いたいというから、多少はパンのことを知っている人たちなのかと思っていたら、パンの知識は全くない。話しかけても目も合わず、ほとんど返事をしない人もいる。そうかと思うと、ずっと話し続ける人もいた。

「今日お手伝いに来てくださったみなさんはホームレスだったこともあるんです」

中村さんは、一緒に来た人たちは、「てのはし」や「世界の医療団」などの支援を受け、生活を立て直した人たちだ、という。

その日、手伝いに来てくれた六人のうち、当事者が四人。支援者は中村さんを含めて二人だった。その中には、池袋の路上で、和子が作ったパンを食べていたという人もいた。

見知らぬ人を家に迎え入れる、ということ

和子がパンを焼いていた頃から、「てのはし」の支援者を通してホームレスの人たちにパンを寄付してはいたが、誰にどうやってパンが届いているのかさえ知らなかったし、僕が焼き始めてからも、改めてパンの行方を確認したことはない。

パンがどこかで少しでも誰かの助けになればいいとは思っていても、ホームレスと呼ばれる人たちについてあまり関心はなかった。ホームレスになってしまうのは、サラ金に追われている人や、ただ働きたくない怠け者なんじゃないか、どこかにそんなとんでもない思い込みもあった。サラリーマン時代には、池袋駅で見かけても、なんとなく関わりあいを避けるようにして見ていないふりをして通り過ぎるようなところがあった。

その人たちが、今、わが家で、パンの生地を丸めている。

世の中ではこうしたことはよく美談で語ってしまうが、正直なところ、僕の中では複雑な感情が生まれていた。

「今日は支援者が付き添ってくれているけど、彼らだけで来られると困るなあ。何かあったら、支援者が収拾してくれるんだろうか」

問題を抱えている人たちだけにいろいろと心配になって、緊張していた。

でも、それ以上に彼らも緊張しているようだった。考えてみれば、いきなり知らない人の家に来て、焼いたこともないパンを作るなんて、大変なことのはずだ。

緊張している彼らを見ているうちに、僕は少しずつ肩の力が抜けていった。彼らの緊張をなんとかほぐさなくてはと思い、「大丈夫だから、もっとリラックスして」という雰囲気を作ろうとニコニコ笑顔を浮かべ試してみた。

作業が少し落ち着いた頃、ふと、お腹が空いていないかと思い、「ご飯食べる？」とみんなに声をかけたが、「あ、いいです」と遠慮する。正直言って、もし彼らから「腹減ったから飯食わせてくれよ」と言われていたら、僕も「ちょっと待ってよ」と思ってしまっただろう。そうした想像は無意味で、彼らはとても謙虚だった。

「まあ、遠慮しないでさ。こう見えても、料理はけっこう上手いんだよ。食べてみてよ」

誰かのためにご飯を作るのは久しぶりだ。自分のために作るのは面倒でも、誰か食べてくれる人がいれば、料理は楽しいものになる。その日は、ありあわせの材料で、チャーハンを作った。

美味しい、美味しいといって食べてくれ、僕にとって、久しぶりのうれしいひと時となった。ちょっと彼らとぎくしゃくするたびに、中村さんが間を取り持ってくれたこともあり、少しずつだが打ち解けることができ、夕方にはなんとか予定どおりパンも出来上がった。

「また来週もうかがいますね。これからも、どうぞよろしくお願いします」

中村さんはそう言った。

僕は彼らとコミュニケーションを上手くとっていけるのか、その日だけではあまり自信が持てなかった。彼らが帰った後にどっと疲れが出るかもしれない。

「毎週やっていけるかな。あまり自信がないから、中村さんや支援者さんも一緒に来てくださいね」

「もちろんです。私たちも一緒におじゃましますので、よろしくお願いします。山田さんなら大丈夫ですよ」

中村さんは笑顔でそう言って、彼らと一緒に帰っていった。

こうして「池袋あさやけベーカリー」が誕生した。「暗く辛かった時期が終わり、何かが始まる」というイメージから「あさやけ」というネーミングになった。

最初の何回かは、彼らも僕も緊張しながら作業をしているから、うまくいかないこともあり、「来週はもうやめよう」とくじけそうになったことも何度かある。そんなときにはいつも中村さんがバックアップしてくれた。

今では、中村さんがいなくても、彼らと冗談を言い合ったり、作業の注意点を指摘したり、何でも遠慮なく言い合えるような関係になった。

元ホームレスで心に障がいのある人たちと、冗談を言い合ってパンを焼く。最初のうちは自分がそんなふうになれるとは昔の私からして想像ができなかった。それも、中村さんがいてくださったからこそだと思う。僕がいて、彼女がいて、彼らがいる。だから、僕も彼らも安心できたわけだ。

「こんなに早く山田さんが彼らと馴染めるとは思っていなかったので、驚きました」

中村さんが数回目にこっそり教えてくれた。

「自分で言い出して、何の説明もなしにやって来て、そんな言い方はないよなあ、アハハハ」

震災から数か月間、なんとなく鬱っぽかった僕も、いつの間にか皮肉を言って笑えるようになっていた。

アンパンから始まった「あさやけベーカリー」の飛躍

彼らにとって、わが家でパンを焼く手伝いが、社会に復帰するためのステップにつながれば幸いである。

社会から長く離れていた人や心に障がいがある人が、突然何も知らないところに一人で飛び込んで仕事をするのはかなり難しいことである。周りの目も気になるだろうし、初日の僕のような反応をする人もたくさんいる。安心できる場所で、サポートしてくれる人が付き添って仕事をしながら、人との接し方や仕事の仕方を少しずつ練習し、生活のリズムやコミュニケーションや、自信を取り戻していく。

パンを焼くときには、粉や塩などの材料を混ぜ合わせ、こねて、手で生地を丸めて、フワフワの美味しいパンに仕上がっていく過程をわかりやすく教える。体を使い、心を込めて手をかけることで、ふんわりと膨らんで、部屋中がパンの匂いで満たされる。そうして目に見えて変化していく様子を眺めているうちに、心も変化を起こすのだと思う。僕自身も、しばらくパンを焼いていなかったので、久しぶりにパンを焼く作業を楽しんでいた。

僕は、数回目から、彼らに気持ちだけでも報酬を渡したほうがよいのではないかと考えるようになってこう提案した。

「一人千円くらいでどうですか」

中村さんに相談してみると、「彼らにとって、千円は大金です」という答えが返ってきた。

確かに、僕自身のことを考えてみても、パンを作る材料費も全部自腹で、それに加えて彼らに現金で謝礼を支払うのはかなり大変なことである。そこで、編み出したのが現物支給という方法だった。アルバイト代はパンで渡すことにした。

パンの材料は手抜きせず、粉は九州産の国産小麦粉、砂糖は種子島から取り寄せ、塩も生協で買う真塩を使っている。和子ののこだわりを引き継いだ。

それでも、コスト計算してみると、パンを焼く量が多少増えても、現金を渡すよりはずいぶん助かる。こうしてパンを余分に作って、その日手伝ってくれた人の中で分け合い、持ち帰ってもらうようにした。

最初は小麦粉が一キロで三十個ほどのパンを焼いていたが、みんなに持ち帰ってもらうために小麦粉を一・五キロに増やして、二種類のパンを焼こうということになった。一つはいつもの何も入っていないプレーンなもの、もう一つはレーズンなどの具材を生地に混ぜ込んだもの。

それまでは毎週、何も入っていないパンだけを焼いていたので、特に代わり映えもしないし、あまり楽しくはなかった。しかし、もう一種類違うものを焼くとなると、来週は何を入れようか、どんなものがパンに合うかなど、いろいろと本を見て調べるようにしてみた。あれこれ考えるのはなかなか楽しいものである。

暑さも少し落ち着いた九月か十月頃のことである。和子とパン屋のつながりで知り合った伊藤さんという男性が、水曜日に突然ひょっこりと顔を出した。

「いや、ちょっと気になって来てみたの」

伊藤さんは、以前は自営業でパン屋をやっていたが、今は大型スーパーマーケットでパンを焼いている。パンの作業が気になって、助っ人に来てくれたのだ。以来、水曜日の午後にふらりと来て、僕たちが困っていると、助け舟を出してくれたり、アイデアをくれたりするようになった。

よくよく聞いてみると、和子と伊藤さんと共通の知り合いの別のパン屋の店主の女性に、「山田さん大変そうだから、ちょっと行って、応援してあげなさいよ」と言われたそうだ。

僕たち男どもはみんな、女性に背中を押されて一歩を踏み出す。和子の知り合いに、またしても助けられた。

伊藤さんが来てくれたことで、僕たちのパンは少しずつ進化するようになっていった。

一番画期的だったのは、アンパンを作ったことだ。

それまで、二種類のパンを作るようになってはいたものの、ただ具材を生地に混ぜ込んだだけで、「包む」という作業はなかった。僕はパン生地の中に餡を包み込む方法を知らなかったし、難しいだろうと思っていた。

「アンパンとか作らないの?」

伊藤さんに何度か尋ねられた。

「いやあ、アンパンなんて無理、無理だよ」

僕は、到底できるとは思ってなかった。

「大丈夫、簡単だよ。大したことないよ。教えるからやってみようよ」

生地で「包む」ことができるようになると、パンの種類は格段に広がった。アンパンができればカレーパンもできる。ジャガイモ、サツマイモ、カボチャを入れることもできる。

そのトライが、「あさやけベーカリー」のオリジナルパンの飛躍的な進化となった。

失敗してもいいんだよ

一般的には、誰が何を担当するか分担をはっきりと決めたほうが、作業がスムーズに進むと思うが、あさやけベーカリーではあえて担当は決めていない。そのときにいるメンバーで、やりたい人ができることをする。だから、大きな責任がかからない。

その日になって「行きたくないなあ」と思えば来なくてもいいし、遅刻しても構わないし、早退してもいい。そのゆるやかな感じの中で、自分の意志で来るかどうかを決められるところもうまくいっている秘訣だと思っている。

最初に来たメンバーの中で毎回来ている人もいれば、入れ替わり立ち替わりで、一度来て来なくなる人、しばらく休んでいてまたふっと来る人など、参加は自由。

中心的なメンバーは毎週水曜日の午後一時にわが家に集まる。発酵させている間に手が空くので、ご飯を炊いて二升分のおにぎりも作っている。パンと一緒に配るためだ。パンが焼けた頃に顔を出す人もいるが、それもまあご愛嬌だ。

四年経った今では、もうだいたいみんなが手順を理解しているから、僕があれこれ指示を出すことはなくなった。いまだに緊張しながらやっている人もいるが、笑顔も増えてきているし、ずいぶんコミュニケーションをとれるようになってきた。

まだまだ素人の集まりなので、売り物にならないパンも出てくる。カレーパンは、爆発したり具がはみ出したりすることも多いので、十個販売したいときには、十五個ぐらい作るようにしている。餡を真ん中に詰めることは、案外難しい。

失敗したパンはで、作った本人に責任をとって食べてもらっている。最近では、失敗すると、「証拠隠滅だ！」なんて言いながら、みんな自分で大笑いして食べるようになった。なんとも効率の悪いパン屋である。

彼らに必要以上に気を使うことがなくなったが、パンで失敗したらそこはきちんと指摘する。この間も、最近大人気の塩パンを焼いているときにこんなことがあった。

「これさあ、塩、乗せ過ぎだよ。塩はほんの少しだけって言ったのになあ」

塩パンは、僕がテレビで知って真似をしたパンで、パンの中にバターをたっぷり入れて、その上に塩を少し乗せて焼き上げる。ほんのり塩味とバターの風味が美味しくて、大人にも子どもにも大好評なのだ。オーブンに入れる前の仕上げを確認すると、塩が山のように乗っていた。大きな指で塩を乗せるので、仕方がないかもしれないが、これでOKは出せない。

「これじゃあしょっぱくて食べられないよ。ほら、これくらいでいいんだよ」

焼き上げる前だったので、慌てて塩をはずしてギリギリセーフだった。

そんな僕の指摘にも、彼らは萎縮することがない。もう三年以上のつき合いだから、僕が文句を言っているのはパンについてのことで、「お前が気に入らない」からということではないということを理解してくれている。

彼らだけでなく、支援者だって、僕だって失敗することはいっぱいある。

支援者の一人として来てくれているベテランの女性でも、コロッケ用のジャガイモをゆで過ぎてしまったことがあった。

「ゆで過ぎちゃって、ドロドロに溶けちゃった」

と言うので、みんなでわざと悪態をついて、

「なんだよ。ジャガイモ一つゆでられないのかよ」

と言いながらまた笑う。ここでは、支援者も当事者も、みんなフラットな関係だ。

売らないパン作りは実に楽しいものだ。

失敗してもまた作ればいい。次から気を付ければいい。

出来上がりの数が減れば分け前が少し減るが、まあそれもわかりやすいシステムである。そういう緩やかな感じが、居心地の良さにつながっているのだと思う。

和子が残してくれたものは大きい。

わが家はみんなの心地良い居場所

二〇一三年一月、あさやけベーカリーのパン作りをひと月丸々休んだことがあった。みんなは来たいときに来て、休みたい時は休むことができたが、わが家でパンを作っているので、僕が休むわけにはいかない。だが、僕だって休みたいときもあるし、ちょっと休憩がほしかった。いつまでとは言わずに、「しばらく、あさやけベーカリーは休みます」とだけ、みんなに伝えた。しばらくして電話がかかってきた。

「いつまでお休みですか。またやりましょうよ」

「いつまでっていうか、僕もちょっと休みたいんだよ」

「じゃあ、一か月休んで、二月からやりましょう」

僕の中で、「辞める」という選択肢はなかったがクタクタだった。でも、そうして電話をもらったことで、パンを焼くわが家がみんなにとって大事な場所になっていたことが、とても嬉しかった。

再開すると、それまでに来ていたメンバーが大勢でやって来て、張り切ってパンを焼いてくれ、みんなの楽しそうな様子が伝わってきた。

彼らにとって、そして僕にとって、「あさやけベーカリー」はいつの間にか大事な居場所になっていたんだなと、改めて感じることができた。もうわが家は僕だけのものではなくなっていたのである。

パンのことだけを考えると、もっと難しいパンに挑戦し、販売の機会を増やして彼らの収入を増やすという手もあるのかもしれない。しかし、販売用のパンとなると、ある程度の技術がある人じゃないと務まらない。そうなると、彼らもストレスになってしまうし、メンバーがどうしても固定化されてしまい、新しい人を受け入れる余裕がなくなり、本来目指している活動とは少し違ったものになってしまう。

ここを居場所として、何かしら自分なりの活動ができるのは貴重な機会なので、それぞれが無理をせず、自分のできる範囲で参加することができるからこそ、また来ようと楽しみにしてくれるのだろう。

僕の価値観がどんどん塗り替えられていく

あさやけベーカリーでは定期的にみんなで遠足に行くことにしている。この間は、上野動物園に出かけた。

せっかくだから、弁当を作って持って行こうということで、十時にわが家に集合し、一緒に弁当を作ってから出かける予定だった。なのに、約束の時間になってもなかなか集まらない。僕はイライラしていた。おにぎりを任せようと思っていた人が来ない。電話をしたら、

「え、今日だったの？」

日にちを間違えていたという。

せっかく天気もよく、これから遠足だし、みんなで食べるお弁当を一緒に作るのも遠足のイベントなのだ。

「なんだよ。上野に十二時集合なのに間に合わないじゃねえか！」

電話を切ってから思わず怒鳴ったら、

「あ、山田さんちょっとこわい」

なんて、みんなに言われてしまった。

僕はブツブツいいながらお弁当を作っていたが、みんなが僕の気持ちをやわらげてくれ、なんとか弁当作りも間に合い、そのうちに笑顔も出るようになった。

そういう突然のハプニングはよく起こる。そこから、「じゃあ、どうしよう」と考えながらドタバタやるわけだ。

そこには会社員の頃にはなかった面白さがある。実際には大変だったが、こうして振り返るとジタバタしていた自分もおもしろい。

いつもと違う環境に行くと、それぞれの人の違う面が見られる。人との出会いも、新しい発見もある。僕も彼らと過ごす時間の中で、違う面が出てきている。この年になって新しい自分を発見するのはおもしろいものだ。

あさやけベーカリーの中心メンバーの一人は、池袋だけでなく、上野で暮らすホームレスの人たちの間でも有名な「先輩」がいる。彼をみつけたホームレスの人たちが通りすがりに挨拶をしてくる。

「お久しぶりです。元気にしてた?」

「おお、久しぶり。今日は遠足なんだよ」

上野公園では、そんなやりとりが始まることもあった。

また、いつもはあさやけベーカリーに来ていない人も遠足に参加することがあった。

上野動物園や新宿御苑への遠足に参加したある人は、男性だが女装が趣味で、いつもスカートを履いてやって来る。そしてこう言う。

「ケイコちゃんって呼んで」

僕は女装をする人の気持ちが全くわからず、ちょっと苦手だ。最初のうちは心の中で、「いい歳してこんな格好して、ケイコちゃんって呼んでって、そりゃないよ」などと思っていて、仕方なく「ケイコちゃん」と呼んでいた。

そうしたらこのケイコちゃんが意外といい奴で、少し先回りしては、駆け足で戻って来て、「いいところがある、こっちがいいわよ」とみんなを一生懸命案内してくれる。

僕が持参したカメラで写真を撮ってあげる時、ボーッと立っていたので、「せっかくだから女らしいポーズでもしたら?」と声をかけてあげると、嬉しそうにシナを作ってポーズをとったりして、本当に嬉しそうな顔をする。

人は色々な人生を背負って生きている。

彼らといると、今まで僕が持っていた価値観や、偏見が取り払われていく。相手を認めることによって、僕たちの間には信頼関係ができ、見えなかった人間としてのすばらしい部分が少しずつ見えてくる。

今まで、人の表面的な一面だけを見ていたんだなと、我が身を振り返ることが何回もあった。人の印象も、自分自身の価値観も、どんどん新しく塗り替えられていった。

好きじゃないな、嫌だな、面倒くさいな、そう思っていた人のステキな面を垣間見ることができれば、好意を持って受けとめられるようになる。

そして、そう気がつく自分を好きになる。

それは本当に、楽しいことだ。思えば僕もずいぶん変わったものだ。

パン作りの足しにと魚売り場のアルバイト

パンを再び焼き始めた頃から、和子がずっと利用していた生協の路面店でパートとして働くようにもなった。毎月二十五キロの小麦粉のほか、いろいろな材料費がかかるので、その分だけでも補填《ほてん》しようと思ったのだ。

和子がいた頃はずっとその生協の宅配を利用していた。一人暮らしになると宅配を頼むことはなくなったが、長年使ってきたその生協の食材にすっかり馴染んでいたので、時々その路面店にバイクで買い物に出かけていた。

ある日、魚を見て物色していると、店の人から声をかけられた。

「魚、さばきますから、言ってくださいね」

「自分でさばけるからこのままでいいよ」

僕は、魚をさばくのには自信があった。

「さばけるんですか。すごいですね。今ね、さばける人少ないんですよね。魚売り場の職員が足りないんだけど、一緒にやりませんか？」

ただ買い物に行っただけなのに、いきなり一緒に働きましょうと言われても、普通ならすぐにハイとは言わないけれど、僕は考えた。

「そうだな、家に帰っても一人だし、パン屋でお金も少しかかるから、その分だけでもいいならこんないい話はないなあ」と思ったのである。こちらの事情も全て話したら、フルタイムでなくてもいいとのこと。すぐに面接しましょうという話になった。

面接のとき、豊島区で昔パン屋をやっていた山田ですと言ったら、面接をしてくれていた方が和子のパン屋を覚えていてくれていた。

「え、もしかしてこんがりパンやさん？　私、何度か買いに行ったことあるのよ。あの山田さんの旦那さんなの？」

和子は本当に、有名人だったようだ。

僕はそれ以来、その店で働くようになった。

当初は週に一、二回という約束だったが、女性の多い職場で、大きな魚が来ると大変なようで、僕はかなり重宝された。水曜日はパンを焼く日なので必ず休むが、できるだけ来てほしいということになり、かなりのペースで出勤するようになった。

自分が必要とされる場所があることは、毎日の励みになる。

魚屋で働きながらあさやけベーカリーを続けることで、あさやけベーカリーについても、客観的に見られるようになっていった。

あさやけベーカリーのみんなにとっても、僕にとっても、自分の居場所があるというのは大事なことで、それに加えて自分の存在が誰かの助けになっているという実感が、何よりも自分を支えてくれた。

「あのときは失敗したよね」「あのパンは美味しかったね」そんなふうに何かを共有できる人たちがいることはかけがえのないことだった。

あさやけベーカリーは関わる人すべての人にとって、いつの間にか「自分がいてもいいんだ、役に立つんだ」ということを実感できる場所になってきているのかもしれない。

人をつなげる「パンの力」

魚屋のパート代と年金で、パンの材料費と生活費はまかなえるようになった。

いろいろなことが動きだすと、和子の周りにいた人たちが、何かと気にかけてくれ、手助けをしてくれることが増えて助かった。

「山田さん大変そうだから、手助けしてあげなくちゃ」と、いろいろな方たちから気遣いをしていただいている。本当にありがたいことで感謝の気持ちでいっぱいだ。

今では「世界の医療団」が小麦粉と砂糖の材料費は出してくれるようになった。

パン屋を手伝いに来てくれる人や、魚屋の関係で出会う人も、和子を知らなくても、「こんがりパンや」は知っていることが多い。

「こんがりパンや、買いに来たことがあるんです」

「こんがりパンやの山田さんでしょ？」

そんなふうに話しかけられると、全くの初対面でも、パンを通じて昔からの古い知り合いのような気分になる。

和子のパンを買ったことがあるというだけで、ひとつの絆のようなものができるようだ。

「和子さん、知ってますよ」

「クロワッサン美味しかった。大好きだったんですよ」

たった一度や二度買ってくれただけの人も、その味とともに、こんがりパンやを思い出してくれる。和子を思い出してくれる。パンが人をつないでくれる。

僕は、「パンの力」を日々もっと強く感じるようになっていた。

新たな展開となった子ども食堂

あさやけベーカリーの活動も安定してきた頃、また新しい動きが始まった。

和子のパン教室の生徒だった人で、栗林さんという女性が突然わが家にやってきた。山田家に来る人は、だいたい、リビングのガラス戸から突然顔を出す。

「こんにちは。キムチ作ったんだけど、どう？」

そのままそこに腰掛け、美味しそうなキムチを見せてくれた。

「うまそうだね」

キムチをもらって世間話をしているうちに、栗林さんの活動の話になった。

栗林さんは、NPO法人「豊島子どもWA《ワ》KU《ク》WA《ワ》KU《ク》ネットワーク」の代表で、小中学生を対象にプレイパークの運営を行っている。最近注目されている子どもの貧困問題に、いち早く取り組んで来た団体である。

貧困という言葉から、後進国の食事もできない子どもたちのイメージが思い浮かぶかもしれないが、日本では、生命に関わるほどの貧困は少ないとしても、「相対的貧困世帯」の割合が先進国の中でも高く、六人に一人の子どもが貧困の状態にあるという。

「相対的貧困世帯」とは全世帯を所得順に並べ、ちょうど真ん中にあたる世帯の所得の半分にみたない所得世帯をさす。

お金がないから、塾に行けない。部活動の遠征費が払えない。病院代が払えない。給食のない夏休みは昼食を抜く。親が遅くまで仕事をしていて夜はお菓子を食べている子もいるそうだ。

「この家、山田さん一人で住んでいるだけじゃもったいないから、子どもたちのために何かやらない？」

僕の周りの女性は何かとパワフルで行動力のある人が多い。

「そうだなあ。何ができるかなあ」

栗林さんは、僕に美味しいキムチと宿題を残して帰っていった。

いつもの水曜日、パンが焼けるのを待ちながらお茶を飲み、元パン職人のスタッフ伊藤さんに相談してみた。

「大田区で子ども食堂っていうのを始めた人がいるんだけど、見に行ってみない？」

伊藤さんは大田区在住で、その子ども食堂の手伝いもしているという。

子ども食堂というのは、その頃全国にはまだ知られていない取り組みで、一人きりで夕食を食べている子どもたちが一人でも気軽に入れる食堂である。バランスのよい美味しい食事を、子どもたちが集まって家庭的な雰囲気で楽しめるようになっていた。僕は早速見学に行った。

そこは、「子ども食堂／だんだん」という名前がついていた。居酒屋を居抜きで借りていて、小さなお座敷のようなスペースにちゃぶ台が二つ並べてあった。子どもたちが八人も座ればいっぱいで、お手伝いの人も、五人並ぶのがやっとというキッチンだった。

これくらいの規模なら、うちでもできそうだ。

その子ども食堂がオープンすると、子どもたちが集まって来て、美味しそうにご飯を食べる。そこに昭和の一家団欒のような、懐かしい温かさがあり、心が和んだ。やってみようと考えた。

栗林さんと次に会ったのは、豊島子どもWAKUWAKUネットワークの集会だった。僕が小さな声で「子ども食堂とか、やってみたいな」と言ったのを彼女は聞き逃さず、その場ですぐに議題として扱われ、多くの方の賛同を受け、引くに引けなくなってしまった。嬉しい悲鳴だ。名前は、大田区の真似をして、「要町あさやけ子ども食堂」に決めた。

こうして貧困・孤食の子どもを支える子ども食堂がスタートした。

効率的に運営させるために、水曜日のあさやけベーカリーのあとの夕方から、オープンして、月に一、二回くらいの運営がいいだろう、ということになった。子ども食堂のオープニングは、和子が大好きなモクレンの咲く頃に合わせ、二〇一三年（平成二十五年）三月二十日、第三水曜日に決めた。

栗林さんをはじめ豊島子どもWAKUWAKUネットワークのスタッフの方は、毎週水曜日に無料学習支援をしているので、ちょうど時間が重なってしまって応援に来られない。当日、調理を手伝ってくれる人を探さなければならない。

最初はきっとそんなにたくさん子どもたちも来ないだろうし、あまりいろいろと細かく決めなくても、なんとなくできるだろう。僕は気楽に考えていた。

「まあ、とりあえず始めてみよう」

和子の知り合いにも声をかけて、調理の手伝いをしてくれる人を五人ほど集め、栗林さんに子どもたちを何人か連れて来てもらうようにした。お手伝いしてくれる人が見つからなければ、僕がカレーでも作ればなんとかなるだろうと軽い気持ちでいたのだが、話を聞いた和子の知人たちはずいぶん心配していた。

「お料理作る人、足りますか？」

「材料はどうするの？」

「子どもたちは何人ぐらい来るの？」

和子のネットワークだから、まあみなさんいろいろと気もきくし、頭の回転が早く、何も決めていない僕の代わりにテキパキしてくれる。和子がいればみなさんの先導もできただろうが、僕にはちょっと難しい。なんのミーティングもせずになんとなく始めてしまったものの、気がつくと、和子のネットワークの人たちが中心になって、どんどん具体的に進めてくれていった。気がつくと僕は置いてけぼりで、僕が何かを提案しても、なかなか意見は通らない。

「それは無理」

「よしなさい」

僕は観念して、場を提供することに専念して、運営についてはみなさんに甘えますのでご自由に、というスタンスに切り替えた。会社で出世した男性が定年退職して、ふんぞり返ったままで地域に入っていっても、周りは困るだけだという話をよく耳にする。

まあ、こういうときはお任せして、僕たちは一歩引いて様子を見守ることが正しいのかな、と思った。

「要町あさやけ子ども食堂」開店

二〇一三年三月二十日、水曜日。いよいよ子ども食堂オープンの日がやってきた。

この日は朝から大忙し。「あさやけベーカリー」は、いつもより少し早めの十二時から準備を始めることにした。台所は二つあるが、どちらにしても子ども食堂のお手伝いをしてくれる人たちがやってくる頃には、パンはひと段落ついていたほうがよい。

せっかくなので、子ども食堂に来てくれる人が買って帰れるように、パンも少し多めに焼くことにした。販売は、どのパンも一つ百円にしていた。当初一種類だったあさやけベーカリーのパンだが、いまでは、ずいぶん種類も増えた。

子ども食堂の日は、配布用と販売用を合わせて、百五十個ほどのパンを焼く。塩パン、コロッケパン、カレーパン、ゴマさつまパン、カボチャパン、リンゴパン、あんパン……。日によって、材料や気分で少しずつ種類を変えている。

初日はそこまで種類は多くはないが、五時までには片付けられるようにいつもよりペースもあげてパンを焼き上げた。

夕方、パンの後片付けを始めた頃に、子ども食堂の手伝いに来てくれた人たちが集まって、わが家の奥にあるもう一つの台所で準備が始まる。夕食は一食三百円に設定した。

何人くらい来てくれるだろう。栗林さんから告知してもらったことに加え、僕も商店街で昔花屋をやっていた名物おばあちゃんにも実際に食べに来てもらうことにしていた。うまくいけば、その人が確実に要町近辺に広めてくれるはずだ。

近くのアパートに住んでいる外国籍のお子さんにも声をかけてみた。

午後五時半。要町あさやけ子ども食堂の開店だ。

初日は調理を担当した五人と、子どもたち。近所の親子連れ、名物おばあちゃん。全部合わせても十五人くらいの集まりで、温かい夕食になった。

目の前で子どもたちが美味しい、美味しいと言って食べてくれると嬉しいもの。子どもたちの声が家の中に響くだけで、心がぱっと華やぐ。

僕は、得意の料理の腕もふるえずちょっと残念だったが、皆さんがにぎやかに過ごしてるのを遠目に見守るように過ごした。

手伝いに来てくれた皆さんも、ワイワイと楽しそうだった。

用意したパンも次の日の朝食やおやつにと、ずいぶん買ってもらえた。

僕は、なんとか栗林さんの要求には応えられそうだなと、手応えを感じていた。

しばらくしてあさやけ子ども食堂に慣れてきた頃、お手伝いに来てくださっている人たちに息抜きで一人旅の相談をしたところ、

「いってらっしゃいよ。カギさえ開けて入れるようにしてくれればいいんだから」

そう言われてカギを預けたこともあった。僕がいなくても子ども食堂は開店した。

旅先にはこんな電話がかかってきた。

「今、山田さんちにいるんだけど、片栗粉どこでしたっけ?」

なんだかおかしな気分だ。

もう、僕の家なのか、みんなの家なのか、わからなくなってしまっていた。

こんなことをついこの間まで想像すらしなかった。

千客万来、人が集う場所

要町あさやけ子ども食堂は、子どもたちのお客さんも口コミで増えていった。お手伝いに来てくれている人の分も含めて、今では、毎回六十食くらいは作るようにしている。

食材は、地域の方やお店、いろいろなところから提供していただいたものを優先的に使い、足りない分を購入して揃える。

ある日のメニューは麻婆豆腐丼、キャベツの炒め物、大根と油揚げの味噌汁、たたききゅう

り、りんご。また別の日は、肉じゃがもどきのお麩《ふ》じゃが、野菜のおひたしと炒め物、わかめの味噌汁、お赤飯とグレープフルーツ。毎回寄付などで集まった食材でできるものを考えて、野菜中心のヘルシーで安全なメニューを作っている。自然素材からとった出汁や化学調味料を使わない味付けにもこだわり、ご飯も浄水で研ぎ、浄水で炊いている。

子どもたちからも、大人からも美味しいと人気だ。

お客さんは、親の帰りが遅く夕食を一人だけで食べていた子、不登校だった子、赤ちゃん連れのシングルマザー、夫が単身赴任でいつも子どもと二人の食事で寂しいというお母さん、子だくさんで夕食を作るのが大変だという親子連れ、赤ちゃんを抱えてのご近所のママ友どうし、といろんな人がやって来るようになった。

みんなが三つくらいのちゃぶ台を囲み、同じご飯を食べる。まさに家族の食卓である。

「もうお腹いっぱい。誰か食べてくれる？」

「それ、一口ちょうだい」

「デザートのおかわりほしい人！」

ここで知り合ったばかりの子どもたちも、すぐに仲良くなってしまう。

定員ははっきりとはもうけず、ご飯がなくなったら終わり。手伝ってくれた人全員に食事が行き渡らないこともあったりするが、それも嬉しい悲鳴で苦情も出なかった。

一番多いときには、自転車がズラリと二十台並ぶこともある。狭い路地なので、道を塞いでしまい、近所から苦情がきたらどうしようかとヒヤヒヤもする。

食堂は基本的には幼児から小学生までの子どもを対象としたものだ。オープンしてからいまでは「何か手伝わせてください」と遠くからもボランティアをしたいという学生や大人たちが毎週のようにやって来てくれる。

「記事を拝見したのですが、見学させていただけますか」

子ども食堂を立ち上げたいということで、視察に来る方も絶えない。

「野菜を送ってあげたいんだけど」

農家の方から、規格外の野菜などを寄付したいというありがたい連絡もいただく。

皆さん、お金を寄付するだけでなく、自分なりにできることを探しているようだった。

飛び込みで突然くる方もいるので、今では手伝う人が十五人くらいになってしまうこともある。手が足りていることもあり、手伝いに来てくれた人たちが、それなりの満足感を得て帰ってもらうことに頭を使うことが増えてきた。

大学のボランティアサークルの学生さんたちは、ここでのノウハウを生かし、最近大学の近所で地域の人たちと一緒に「八王子子ども食堂」を立ち上げた。また、今年は春から、卒業論文を書くために長期間手伝いたいという教授とそのゼミの学生さんも毎回来て調理をしてくれて

「要町あさやけ子ども食堂」にやってき来くれる子どもたちを迎える、ボランティアの人たち。みんなで大変なにぎわいだ。

いる。

テレビや新聞記事を見たり、インターネットで調べたり。いろんな人がたくさんやってくるので、毎回大騒ぎだ。天国の和子も、これには驚いているだろう。

わが家のすべてが子どものものだ

わが家は二階も開放している。アパートやマンションで暮らしていることの多い子どもたちは、一軒家の階段や二階にワクワクして遊んでいる。

「上にいってもいい?」

「押し入れで遊んでもいい?」

子どもたちに何度も聞かれるので、僕の寝室以外の部屋は危ないものや大事なものを片付けて、どこでも自由に出入りして遊んでいいことにした。

食事が終わると、少し食休みをして、大学生のお兄さんやお姉さんと一緒に、体を使って遊んだり、将棋やトランプをして遊んでいる。押し入れの中は学生さんたちが折り紙で楽しく飾りつけてくれたりしている。

ダンボールハウスを作ったり、お化け屋敷ごっこが始まったり、最近では飛ばないボールを使ってオリジナルのルールを考え、ミニ野球を楽しんでいるようだ。

小さい子から大学生のボランティアまでが一緒に遊ぶ姿は、親せきが集まるお正月や昭和の路地裏のようで、それはそれはにぎやかだ。冬でも子どもたちは驚くほど汗びっしょりになってしまう。わが家はいっぱい騒いでも大丈夫。ご近所さんにもお伝えしてあるので、毎回、子どもたちは思い切り騒いで遊んでいる。

季節や節句に合わせて、スペシャルイベントを組むこともある。年末には、お寿司屋さんが目の前でお寿司を握ってくれた。

この七十歳を過ぎた男性が、どこかで子ども食堂を知り、連絡をくださった。

「銀座で寿司職人を三十五年やってきました。子どもたちのために、寿司を握らせてもらえませんか」

子どもたちは、お寿司を食べるチャンスも少なく、食べるとしても回転寿司や、スーパーのお寿司が多い。目の前で握るところを見ながら好きなネタを食べるというのは、なかなか体験できるものではない。こちらも、よろこんでお願いした。子どもたちは初めて見るお寿司屋さんの様子に興味津々だった。

三月はひな祭りがあるから、はまぐりのお吸い物を出したいと思ったのだが、はまぐりは高くてちょっと難しい。

そこで、知り合いの魚屋さんにお願いして、売れ残ったあさりを全て冷凍しておいてストックしてもらい、それであさりのお汁を作ったりした。

こうした人のつながりや、季節の行事も大切にしながらわが家は、子どもたちの貴重な体験の場としても充実してきた。

第六章

和子、再び――

「あさやけ子ども食堂」を作文に書いた

ガランとした静かなわが家が、ひとときたくさんの人でにぎわう「池袋あさやけベーカリー」と「要町あさやけ子ども食堂」。

パンを焼いてホームレス支援をしていること、子どもたちが一人でも気軽に入れる子ども食堂のことが、テレビや新聞、雑誌などで紹介されるようになった。また海外のオーストラリアの国営放送からも取材依頼があり、驚いている。こんな小さな路地裏に、皆さんはるばるとよく取材に来てくださる。数年前には、あさやけベーカリーも子ども食堂も、まさかこんな状況になるとは思ってもいなかった。

「ひとりでぼんやりと過ごすよりはいいだろうから、何か始めよう」というくらいの気持ちで、いろいろな人の支えやお誘いをきっかけに、「和子の残した大きなオーブンやガランとしているわが家を生かしたい」という思いに後押しされて始めたことだった。僕自身が、「社会を変えよう」とか「子どもたちの支援をしよう」といった確固たる意志を持って始めた活動ではなかった。和子が亡くなってしまい、ポツンとひとり残されて、しばらく落ち込んでいた僕にとっては、この状況は本当に不思議なものだ。

子ども食堂についてははたくさん取材をしていただいたことで、全国の方からさまざまな形で支援をいただけるようになった。

今の様子を記録しておこうと思い、二〇一五年一月、東京都社会福祉協議会が主催する「きずなづくり大賞」に「要町あさやけ子ども食堂」についての作文を書いて応募してみた。


「あさやけ子ども食堂」

自宅を改装して私の妻が二十五年前にパン屋を始めました。天然酵母にこだわったパン屋です。自宅には早朝からパン職人さんが出入りをして、いつも賑やかでした。地域のいろんな方がパンを買いに、家を訪れておりました。ですが生憎、五年ほど前に病に倒れ、亡くなりました。

同じ頃、私はサラリーマンとして勤めた会社を定年退職し、さらに原発事故の影響で息子夫婦が関西に移住し、誰も家に来ない、電話もならない、一人暮らしの日々を過ごすことになりました。

あの頃はどん底だったと思います。

そんなある日、大田区で「子どものための食堂」をやっていると教えてくれた方がいて、さっそく見学にいきました。子どもたちが集まって、美味しそうにご飯を食べて、一家団欒の温かさがあり楽しそうでした。これと同じことを要町の私の家を開放してできないだろうか……。

地域の方に声をかけられ参加した「豊島子どもWAKUWAKUネットワーク」の集会で、「子ども食堂、やってみたい」とつぶやいてみましたら、代表の栗林さんが聞き逃さず、その場で多くの方の賛同を得て引くに引けずに、「やりましょう」ということになりました。

それからの準備は大変でした。保健所の営業許可をとるために、少し家の工事をしました。食材をどうするか、調理のスタッフをどうするか、子どもは来るだろうか。いろいろ心配事がありましたが、妻が残しておいてくれた地域のネットワークで手伝ってくださる方が次々とあらわれ、とうとう二〇一三年の春に、「要町あさやけ子ども食堂」がオープン出来ました。長い夜が終わって、もうじき夜明け、でも今はまだあさやけの時。そんな気分で名前をつけました。

「子ども食堂」は子どもだけでも入れる食堂と銘打って、一食三百円で夕食を提供しています。第一・第三水曜日の十七時三十分〜十九時にオープン。食堂には、親の帰りが遅く夕食を一人だけで食べていた子や、不登校だった子、赤ちゃん連れのシングルマザーなどが立ち寄ります。みんなで同じご飯を一緒に食べる。食べた後は、幼児から高校生の年代の子までが、一緒になって遊びます。子どもたちはすぐに仲良くなるのです。一軒家なので、階段をのぼったり降りたりするだけでも楽しいようで、上の部屋では段ボールハウスの秘密基地やお化け屋敷ごっこが始まったり、みんなとっても楽しそうです。

六人に一人の子どもが貧困状態にあるといいます。私たちの子どもの頃は、みんな貧困でした。こんなに豊かな世の中になったのに、格差が広がっているようです。どの子も幸せになってほしいと思います。

お店の看板は、母子家庭のえむちゃんと、祖父母に育てられているわい君が作ってくれました。わい君は手先が器用で、上手に木を彫ってくれました。将来家具職人になりたいそうです。そこにはえむちゃんが描いた、カエルの絵があります。えむちゃん曰く「おせっかえる。おせっかいをされた子がおとなになっておせっかいを返すから。おせっかえるは、やさしいピンク色なの」

お料理は、調理を担当してくれるスタッフに加え、ボランティアをしたいという方が次々と来られ、学生さんからお年寄りまで老若男女が入り交じり、わいわいみんなで作ります。お手伝いしてくださっている方々にとっても、ここが居場所になっているのを感じます。

軌道にのってきた頃、「子ども食堂」のことが、新聞やTVに紹介され始めました。それをご覧になった全国の方々から、様々な支援をいただいております。自然栽培で作られた、お野菜、お米、味噌、じゃがいも、ジャムなどの食材や、手作りの布フキン・お寺からの「おやつのお裾分け」、遠いところではスペインの在留日本人の方が、実家の北海道から新巻鮭を送っていただくなどです。

先日は、七十すぎの男性からお手伝いの希望を頂きました。長年お寿司屋さんをやっていたそうで、子どもたちにお寿司を握ってあげたいそうです。年末のお楽しみ企画で活躍してもらいます。

困っている子どもに何かできることをしたいと思ってくださる方がたくさんいらっしゃるんだなと思いました。そんな方々との交流も有難く思います。

小学生の女の子ですが、学校でイジメにあい、教室に行けずに、時々保健室に登校していたそうです。その子が、子ども食堂に来るようになりました。次第に、食べるだけでなく、お料理を運んだり、皿洗いなどのお手伝いをし始めました。そのうち、早くから来るようになり、マイスリッパを持参してまで、お料理作りに参加し始めました。小さい子どもたちとの遊び時間には、お姉さん役をやっています。

この頃では、取材を受けると、自分の思っていることや考えていることを堂々と話せるようにすらなっています。

ある日、あまりの人の多さに靴を数えたら、五十足あったこともありました。よくまあ、この家に五十人も入るものだとびっくり。私自身、どん底だったときを振り返ると、とっても賑やかになって、こんなに幸せなことはありません。オープンしてから一年半ほどになりますが、素敵なことがたくさん起こっています。誰がどうしたと言うわけではなく、子ども食堂という「場のちから」がそうさせているような気がします。

これからも元気な限り、この活動を続けていきたいと思っています。

山田和夫

子ども食堂に関わる思いの丈を綴ったこの作文は、思わぬことに東京都知事賞をいただいてしまった。

応援の取材を受けたり、立派な賞をいただいたり、前を向いて生きていったことによって、いろんないいことが重なり、スペシャルな日々が多くなっていった。

僕たちがやっている活動は、まだ珍しいから、いろいろ取材がやってくるのだろう。多くの人たちに状況を知ってもらえる、ということは嬉しいのだがいつまで続けられるのだろうと不安もあり、複雑だ。

ともあれ、こうした活動が、あちこちでごく日常的に普通に行われるようになっていくように、僕たちは行動を続けていかなければならない。そうなると、ようやく社会が変わっていくのではないかと思っている。

僕が特別な何かをやっているわけでも、ほかの誰かが大きな旗を振っているわけでもなく、「わが家」という場が、いろいろな人をつなげ、いろいろなことが起こっているのだと思う。

生前、たくさんの人に愛された、和子の目に見えぬ不思議な力なのかもしれない。

時々、そんなふうにも思う。

NHK総合テレビ『にっぽん紀行』

二〇一五年一月にNHKで放送された『にっぽん紀行』の「妻がのこしたレシピ　～池袋小さなパン屋の物語～」では、イッセー尾形さんのナレーションで、僕と和子のこと、そして「池袋あさやけベーカリー」のことがこう紹介された。

路地裏の小さなパン工房
パンを焼くのは不器用な元サラリーマン
きっかけは最愛の妻の死と
手渡された一枚のレシピ

画面にはわが家のにぎやかなパン作りの光景が映し出されていた。そこにいる僕は、笑っていた。亡くなった和子のことも紹介されたので、放送後に偶然番組を観てくれていた親せきや知人など、あちこちから電話がかかってきた。

「あれ、和子ちゃんのことよね。泣いてしまったわ」

テレビを見た孫たちも、番組を観て和子のことを思い出し、泣いていたと聞いた。

道を歩いていると、知らない人から声をかけられることも増えた。

「パンの山田さんですよね。テレビ観ましたよ」

知人からも、冷やかされた。

「不器用な元サラリーマンだって紹介されてたね」

嬉しいような、ちょっとくすぐったいような変な気分だった。

番組では、クリスマスに池袋駅周辺で生活をするホームレスの人にパンを配る様子も放送された。

和子はパン屋を始めてから毎年、クリスマスになると、幸せを願う三つ編みでリースの形のパンを作ってくれた。

僕はパンが大好きなわけではなかったが、特別なパンからは、特別な思いが伝わってくる。パンの作り方を教えてくれている伊藤さんに相談すると、彼も見事にリースのパンを作ってくれた。あさやけベーカリーや子ども食堂に寄付をしてくれた方やお世話になった方に、伊藤さんに作ってもらった特製リースのパンをお礼としてお渡ししたりお送りしたりしていた。みなさん、とても喜んでくださった。

そして僕も、特別なパンを作ってみたくなった。不器用な僕だが、自分の手でリースを作ってみたい。

クリスマスイブ、焼きたてのパンを持って、僕も夜の池袋の街に出かけた。

「今日はクリスマスのパンです。メリークリスマス」

「暖かくしてくださいね」

声をかけながら、手渡すと、嬉しそうにもらってくれる。それが僕にとっては一番のご褒美だ。

最近ようやく、和子が僕に、パンを焼くことを勧めた思いに、時折触れることができるようになった。

きっと、和子は今の僕のように、「パンの力」を感じていたんだと思う。自分が焼いたパンを誰かに渡すことで、「幸せ感」も手渡すことができる。そんな、「パンの力」を信じる和子からのメッセージだったのではないかと思うようになった。

和子は、あの一枚のレシピで、僕がこんなににぎやかなたくさんの人に囲まれてここまで生き生きと生活できるようになると、予測していただろうか。

そのクリスマスイブの夜、自宅に帰ってから、クリスマスのシュトーレンを供えてある和子の写真の前に立ち、静かに手を合わせた。

「和子に教えてもらった一種類のパンしか焼けなかった僕が、まさかクリスマスに食するドイツの菓子パンのシュトーレンまでいけるとは思っていなかったでしょう」

僕は、和子の気持ちに少し近づけたような気持ちになり、和子に話しかけた。

和子のおせちノートの中

二〇一五年、この八月で和子の七回忌。区切りの年になるのだろうか。

今年に入って少し空いた時間を使って、これまでなかなか手がつけられなかった和子の残した日記やノートを、少しずつ開くようになった。

僕のお気に入りは「おせちノート」だ。

和子は毎年、帰ってくる息子たち家族や親せき一同のために、母と一緒に手作りのおせちを作っていた。なかなか美味しいので、知り合いからも注文が入り、三、四軒分を作っていた。

大晦日には、仕出し屋さんのようだった。

和子はそのときに作ったおせちのメニューをすべて書き出していた。

一九七八年
数の子、黒豆、田作り、フナ甘露に、きんとん、錦玉子、だて巻、梅甘露煮、煮しめ、亀の子、八頭、昆布巻き、ゆで豚、しめさば、菊花かぶ、なます、かんてん、オードブル、サラダ

二〇〇八年
黒豆、数の子、田作り、たたきごぼう、ごぼうの唐揚げ、れんこんのねぎしょうが蒸し煮、煮しめ、なます、赤かぶとかぶの酢のもの、ひじき煮、いなり揚げ、かきのオイル漬け、きんとん（りんごの出汁）、厚焼き玉子、雑煮

和子は字もていねいで、添えられたイラストもなかなか上手かった。メニューのひとつひとつを見るとおせちの味が蘇ってくる。そしてその横には、その一年を振り返ったメモが残されていた。家族のこと、自分のこと、家族の記録が全て残っている。和子とともにそのときの家族の様子が思い出されて楽しい。一九七七年から二〇〇八年、亡くなる前年まで、二十年以上、毎年丁寧に書き込まれていた。

和子が亡くなってから、僕もおせち料理を作るようになった。和子のおせちノートを見て同じように作ってみようかと思ったこともあったが、なんとも難しそうなので、僕は僕にできるオリジナルおせちを考えて作るようにした。そして、和子の真似をして、和夫のおせちノートも作るようになった。

毎年、僕はきんとんも作っていて、里帰りした孫たちにブーブー文句を言われながら交代で裏ごしをさせていた。いつも文句を言われるからと思って今年のお正月は作るのをやめて、出来合いのものを買って食べさせた。すると、

「え、今年は裏ごししなくていいの?」

孫たちはそう言って、ちょっとガッカリした様子だった。来年からまた復活させようと思っている。

和子の日記の中

和子はノートをたくさん残していて、ドイツにパンの視察旅行に行ったときのことも、イラストとパンについてのメモ、息子との待ち合わせがうまくいかなかったことなど何ページにも渡って詳細に記録していた。

毎年、手作りで作っていたイラストやゴム版画の年賀状も出てきた。家族をイラストで描い

てあるので、子どもたちが小さかった頃や、僕も髪がフサフサしていてひげが生えているのも見ていると懐かしい。

自分で手書きで作っていたカレンダーには、家族や友人の誕生日がたくさん書き込まれ、また先々のスケジュールまで書かれ、亡くなった八月二十四日以降の予定なども書き込まれていた。九月二日に夏休みを終え、三日が仕事始め。四日からパンやをオープンする予定になっていた。しかし、それは叶わなかった。毎週土曜日にはパン教室、中学生の視察を受ける日、ヨガに行く日、十二月には忘年会の予定まで入っていた。

がん告知からわずか四か月余りで亡くなった和子の予定表を見ていると、死の予感など一切感じられない、それだけにいかにそれが無念の死だったたか、和子のやるせない気持ちがひしひしと伝わってきた。

和子が亡くなった年のお別れ会で、日記の一部を読み上げた。和子のがんが発覚する三か月ほど前に書いた、二〇〇九年十一月の日記の一部である。親せきや、息子たち、孫たちに和子の感性豊かな心に触れてほしかった。

ここに素顔の和子がいる。

二〇〇九年十一月十二日

おはよう、今、朝の五時。昨日の朝のパンの仕事ときたら！　きのうの今頃は、若い二人に大声で指示を出し、半分あきれたり、励ましたりしながら大変だったなあ。遠慮しないでモノ言えるのが、二人にはいいみたいだわ。言えない相手ってなんなんだろう。私が、私をかばうんだろうな。ちっとも相手のことは考えてないで、自分、私がかわいいんだろうな。だけども、あの若い二人はいいね。私なんて母みたいなもんだから、何でも言えるね。これがパン教室となると、やっぱり、生徒さんの顔色をうかがってしまって、つっこめないなあ。

お金をもらって教えるって気分は、あまりよくないね。こっちが払って教えたほうが、よっぽど誠実に教えられるね。そういう変なシステムで、パン教室やれたらいいな。なんかいい方法考えようか。上手い方法ないかなあ。

だれにもじゃまされない、この朝の時間ってなんていい気持ちなんだろう。私が喜んでいるよ。胃袋がにこにこしているのが、よくわかるんだよ。十五度、けっこう寒い。お茶を沸かして、煮あらいのボールに石けん入れて火にかけて。今日は三時からダンス教室。一時四十五分に松沢さんち集合。田代ダンス教室の、いいオーディオセットが好き。音楽、ミュージックっていう感じ。これがいい。体が揺れてくる。

私は何をしたいのか。ずーっとやりたかったことって何かっていうとね。うふふ、それはね、きらきらした山や、少し陽の当たる森の中で、ひとりで風にふかれてゆらゆらしたり、口ずさんだり、風に耳を澄ましたりすることなんだ。十歳くらいのときからそうなんだ。ずーっと。友達も、だれもいない、ひとり。死んだら、しばらくは、そういうとこで幸せに浸っていたいなあ。すぐに生まれ変わらないでね。

菊川さんのところと苫米地《とまべち》さんのところへ、今年は旅をしよう。あ、今年っていうのはね、〇九年なんだけどね。もう来年の夏休みのこと考えちゃっているんだね。生きているのは楽しい。でも、死んでから光になって、私の骨なんか、散骨してくれるところへまいてもらったら、きらきらもっとしそうだね。申し込みをしておこうね。

私は私を生きたいんだもの。あ、空が少し明るくなってきた。今六時。大根と葉が外に干してある。帽子がすっと歩いてる。今日は曇りのち雨。風もでてきた。シジュウカラの声?　チュチュチュチュピッジュ。

ありがとう。こんないい時間、私にくださった。

いい一日になりそう。ありがとう。

十一月二十日

おはよう。中西和《むつみ》さんの個展に行って来た。二度目。すばらしい。彼は才能に満ちている。モノに向き合い、光に向き合っている。彼が面と向かって、相手にこういわれたら「イヤー、ボクはただ描きたいものを描いているだけですよ。たいしたことはしていません」というだろうな。それと同じ。私も「こんがりパンやさんのパンとってもおいしい」って言われても、いいえ、ルヴァンや麦の穂や、パオや、マールツァイトなどの名をあげて、シットに満ちた、自信のない、ヒクツな態度で、しおらしく謙遜するだろう。自信のないのはそのとおり。

おいしいって何？

しかし、あまりにヒクツで、みっともないではないか。私にそうさせているものは何？

私は、もっとおいしいパンが焼ける才能を持っている。

私は、明るく微笑みに満ちた人である。

ライサワー種を使ってもっとおいしいパンを、たくさんの人に食べてもらうぞ。酵母のことをもっと知りたい。

できるよ。私は才能に満ちているのだから。

美しいものを創造することができる。

美しいものを見分けることができる。

その美しいものは、私に語りかけてくる。

神が語りかけるからだ。私が無になれば、神につながるということだ。

私を大切にできるのは私だけ。

そして、私は、「私」を愛し、許し、感謝し、謝らなければならない。私が「私」にそうしないで、いったい誰が他にしてくれるのだ。こわくないよ。大丈夫。私の子ども。あなたは好きな絵を描いていいよ。好きな詩を書いていいよ。あなたは、光と静けさに満ちた場所につれていってもらえるんだよ。死んだら散骨にして、そういうところにずっといられるって?

いいえ、いいえ、大丈夫。生きている今、そうしてあげるね。私が「私」をかわいがって、大切にしてあげるね。守ってあげるから、さあ、安心して意識まで出ておいで。

まだまだ、こわがっているんだね。安心なんてできないっておびえているね。ごめんね。ヨロイをたくさん着せてしまったから、重たくて、重たくて重たくて重たくて、一歩も動けないんだねえ。でも、だいじょうぶ。「私」は才能があふれている。こぼれるほどだ。こぼれる程の才能をあなたは神からもらっているのだ!

和子はいつも、自由に、のびやかに、生きていたんだ。

でも、僕は、和子の心の中をどれだけ理解することができていただろう。

沖縄から送られてきた最後の手紙

和子が僕に送ってくれた最後の手紙は、亡くなる三か月前、療養先の沖縄からだった。消印は二〇〇九年五月十二日とある。

沖縄から僕に宛てた手紙が届いたとき、僕はどうしても読むことができなかった。何枚もの便せんにびっしりと書かれていることが、封筒の上からのぞいただけでわかった。

沖縄の温熱療法は良いらしいと聞いて、二週間滞在していた。治療法がなく、民間療法を頼るしかないとわかって、その民間療法をしている最中の手紙である。

先が見えない状況のなかで和子はいったい何を書いたのか。

何か僕への恨みつらみが書いてあるのか、それとも自分の悲運を嘆いているのか。どんなことを書いてあっても、僕は和子に返す言葉を持ち合わせていなかった。どんなに一生懸命励ましてもどうにもならない。和子がどんな気持ちでいるのか、僕は手紙を読み、和子の気持ちを受けとめる自信がなかった。

ＮＨＫの番組で、手紙を読むシーンがあったが、あの場面でも、最後まで目を通していない。

七回忌を前に、一度封筒に戻した手紙を開けた。

やっと手紙を書く気が出てきました。その「気」がなかなか思うように続かず、すぐにヘタってしまったりしています。「ああ、今はヘコンでいるんだなあ」と受け入れるようにしています。きのうまでは、毎日カラッとした空気と、広く青い空、海に沈む夕陽、まん丸の満月にいちいち感動していました。今朝は、湿気を含んだまとわりつくような空気が漂っているかと思うと、しとしと、梅雨のような雨でした。TVを見ていないのでよくわからないけれど、沖縄は梅雨に入ったかもしれません。

さて、治療ですが、大きな手応えを感じています。私の血液はかなり汚れている…どういうふうかというと、①赤血球が、互いにくっついて動脈硬化を起こしているのと、②肝機能が低下しているので、フィブリノゲンの針のようなものが見える。③中性脂肪のかたまりが、漂っている。④赤血球の膜（細胞を包むタンパク質）がこわれて、ところどころ、ウニ状になっているのが見える、などです。①～④にはそれぞれ、なぜその状態になったのか理由を屋比久先生にうかがいました。電話で話をした通りです。ストレスと、慢性疲労と、肝機能低下と、栄養失調状態、それから、腸の汚れからくる、ガス発生。まず何より、アミノ酸とレシチンのサプリをとり、コーヒー浣腸とカフェブロッサム（ゆるやかな下剤のようなもの）で、常に腸をきれいにして、がんに負けない土壌（体）をつくるという路すじを立てました。

そして今日、温熱院の上の階で、クリニックを開いている玉置先生の診察を受けました。この方も、信頼していいととても思いました。今月から、週に2回、メガ濃度のVC点滴注射をすることにしました。これについては「点滴療法研究会」で検索してみてください。これらはすべて自由診療なので、ほんとうにお金が飛ぶように出ていきます。初日は五万、今日も五万越えました。琉球温熱で体をあたために来ただけなら、今回だけで、「とってもたのしくて、うれしくて、ぜいたくな十日だった」で終わってしまっていたかもしれません。しかし、迷路のような地図を手にふあんにさいなまれていたことが、「こっち、こっち」と確かな天使達の手びきを得た感じがします。

このまま、二週間くらい延長して、VC点滴をつづけながら、沖縄という、地、人、気に包まれていたい気もします。もし可能なら、そうさせてください。これは相談なのよ。一度帰ってから、もう一回チャレンジしてもいいんです。VC点滴をしているところは東京にもあるから。ただ、先生によっては、免疫療法や、抗がん剤と併用を強くすすめる人もいるそうですから、それらと戦うストレスは大きいなあとも思っています。

私のいっぱいわがままをきいてくださること、「ありがとう！」と感謝します。以前なら、私、私にウソついて、「この場はありがとうを言っておくのがよし」と、思ってもいないのに言っていたことも多々あったの。でも、今なら、バカやろうも言えるからね。

やっぱり、私、和夫ちゃんにアルコールが入るのが一番いや。人格がぜんぜん違う。私の和夫ちゃんじゃないと思う。もしアルコールなしのアナタとなら、愛し合って、でもちゃんと自分も表現して暮らせると思うけど、お酒は少しでもやめられないということなら、要町では暮らせない気がします。

ほんとうに沢山の人に支えられているということを実感しています。温熱施術をしてくださるおばちゃんたちひとりひとりが本気で、真剣です。屋比久先生も、私の姿を見るとお腹の調子を聞いてくださって。ほんとうに、腸壁にたまった真っ黒の宿便が出たのにはびっくりしました。ごめんなさい……。ゆうべは、元和に背中をさすってもらって、やっと痛みがとれました。「気」って、みんな持っているんだなあとつくづく思います。そのとき、すごく痛みに打ちのめされていたの。元和に、「もう、覚悟しようね」と言いました。今夜は、ガスもとれて（すっかりきれいじゃないけどね）、とてもラクです。楽観はしていないけど、コンパスに間違いがなくなったから。

とらないようにするもの
玄米、砂糖、なたね油などのサラダ油、大量の肉、大量の魚、乳製品
これらをどうとるかは人によってさまざま、自分でみつけていくものです。ただ、言えることは、玉置先生の言葉を借りれば、「一刻を争う事態だと認識して、間違った方向ではない、正しい道すじを探して真剣に事にかかるお手伝いをさせていただく」
長い手紙になりました。手紙を書けるほどになった自分にすごくびっくりし、
「お・め・で・と・う」と言ってあげます。
今夜だけは。

おやすみなさい。いい夢いっぱいみるからね。

和子

沖縄の自然は、和子の気持ちを明るくするには十分だったのだと思う。これからの治療について、どんな方向で進めたいかも事細かに報告してくれていた。
僕に対するお酒の飲み方のダメ出しも、正直な、和子らしい言い回し方だ。でもあの頃は、

和子の体調が悪化するにつれ、僕は現実から逃れるようにして毎晩お酒を飲まずにはいられなかった。

僕は何を怖がって封を開けなかったのだろう。もっと早く読んで、返事を書いてあげればよかったと深い後悔の念でいっぱいになった。でも落ち着いた日々を過ごせるようになったいまだから、和子の気持ちが痛いほどよくわかることもあった。

逢いたいよ、和子ちゃん

二〇一四年三月。僕は、胃が痛くてムカムカする日が続いていた。和子のこともあったので、知り合いに池袋の内視鏡の名医を紹介してもらって、すぐに出かけ、検査を受けた。

結果はすぐにわかった。

「胃は大丈夫ですが、食道に問題がありますね」

その後、虎の門病院を紹介するからそこに行くようにと言われて診察を受けたら、結果は「悪性の食道がん」だった。とうとう、僕にもがんがやってきた。

そこでは経過観察として、ひと月に一度で通っていたら、秋になった頃、「そろそろ手術しましょう」と言われ、十月、入院して、内視鏡手術を受けた。手術自体は三十分ほどの簡単なものだった。

術後の傷も小さいので、一週間経てば退院するようにと言われたが、一人暮らしで体力的に自分で食事を作るのが難しいと思い、十日に延長してもらった。

その後も定期的に検査をして経過を見ていた。それでも「もしかしたら、僕に残された時間はそんなに無いのかもしれない」と思い、これからは、自分のために使える時間を作り、自分を大切にして、生きていくことを決めた。


今までだれにも言わなかったことがある。

じつは和子から「離婚してほしい」と三度ほど言われたことがある。

原因は、心ではわかっているものの、やさしさと言葉が足りず、和子を困らせた僕にあった。

それがずーっと心に引っかかって離れなかった。

だから、あの世で和子に会ったら、きっと和子から避けられるだろうと思い込んでいた。

天国か地獄かわからないけど、あの世で先に僕を見つけたら、どこかに隠れたり、いなくなったりするんだろうと、和子が亡くなってから、ずっと思って過ごした。

しかし、こうして改めて和子との日々を振り返り、和子の手紙を読んだり、和子の日記やメモを読んだりして、改めて和子の真理に触れられたような気がした。「最後まで僕のことを気にかけてくれていたんだ」と。

和子が僕に声をかけてくれないと思っていたもうひとつの大きな要因に、和子ががんになったのは、こんがりパンやが忙し過ぎるのに、僕があまり手伝ってやれなかったからじゃないかとか、僕が何か和子のストレスになるようなことをしていたんじゃないか、という思いを抱えていた。和子がすい臓がんだとわかって以来、その思いはずっと僕の中でくすぶっていた。

でも、いざ自分が食道がんになったとき、「だれかのせいでがんになった」とか、がんになったことを、何かのせいにしたりせずに、驚くほどサラッと受け入れられたことだった。

「悪性の食道がんです」

その言葉は、ショックじゃなかったといえば嘘になるが、僕は、「だれかを恨むこともないし、自分の人生の運命を呪う必要もないんだ」と思ったのだ。

和子だって、いや、あの和子だからこそ、きっと、それと同じように考えられたはずだと、ようやくそう思うことができるようになった。

和子はがんになってからも、誰かを責めたり、誰かのせいにしたり、病気に対する恨みつらみを言うこともなかった。

日記にも、手紙にも、そんな言葉はどこにも見当たらない。和子は強い性格だったんだ。

ずいぶん我慢させてしまった。

こんなことを思い出した。

和子との人生の航海は、まだ終わらない。

寒い冬の日、和子はときどき夜中に、僕のベッドに勝手に滑り込んだりした。猫みたいに、「寒い」って。そういうとき、とても愛しく、やっぱり夫婦だな、とすごく幸せになった。

あの世で再会できたら、まだ僕からは声をかけづらいけど、和子から声をかけてくれるといいなと願っている。

あの世で、和子が僕を見つけて「和夫ちゃん!」と声をかけてくれ、恥ずかしいけど手をつないで歩けたらどんなにいいだろうか。

和子に逢いたい。

和子に逢ってひとりで生きていく背中を押してくれたことに「ありがとう」と言って抱きしめてあげたい。

逢いたいよ、和子ちゃん
いまどこで何をしているんだい。

あとがきのようなもの

和子との三十五年の生活を振り返ってみて思うことは、与えるより、与えてもらうことのほうが多かったような時を過ごしたことだ。

いい夫だったという自信もないし、いい父だったという自信もない。考えてみたら、わが家において、和子が舵取りをやっていたような気がする。だから和子を失ったとき、喪失感から、どう生きていったらいいのか、それからの道が見えなかったのだろう。それが一枚のパンのレシピによって僕を変えた。

パンの力はすごい。見知らぬ人と人との心を紡《つむ》いでくれ、和子はそこへ連れていってくれた。こうしたにぎやかなわが家になっていったことを和子が逝ったあとに誰が想像しただろうか。

僕はもう六十七歳、この先、残された人生の時間は、少ない。その限りある人生を、わが家にやって来る、社会における弱い立場の人たちや、子どものために使ってみよう。

いま「子ども食堂」から始まった子どもたちへの愛情支援の輪は、東京都以外の町にも広がっている。

こうした輪が、草の根運動として全国的になれば、とてもすばらしい。

僕は、自分の居場所を見つけ、充実した嬉しい日々を送っている――。
こんな僕を天国の和子はどんな思いで見てくれているだろうか。

二〇一五年七月

山田和夫

装幀・本文デザイン　塚田男女雄（ツカダデザイン）
カバー・本文イラスト　山田和子
写真提供　山田和夫
撮影　小島愛一郎（「あさやけベーカリー」関係）
進行　久保木侑里
thanks　「あさやけベーカリー」のみなさん
「あさやけ子ども食堂」のみなさん
「てのはし」のみなさん
「世界の医療団」中村あずさ
「豊島子どもＷＡＫＵＷＡＫＵネットワーク」栗林知絵子
太田美由紀・（株）暮しの手帖社
ＮＨＫ「にっぽん紀行」

山田和夫　やまだ かずお

1948年7月9日東京都生まれ。

大学卒業後、玩具店「原宿キディランド」に入社。

1974年10月10日小島和子（旧姓）と結婚。

1975年スポーツ玩具製造会社を設立。

1978年日本けん玉協会認定けん玉「さくら」を発売して大ヒットさせる。

2008年の退職まで玩具製造一筋。

2009年8月24日妻和子、すい臓がんのため逝去。

2011年「池袋あさやけベーカリー」を立ち上げ、店主としてホームレス支援を。また、2013年には「要町あさやけ子ども食堂」を立ち上げ、店主として子ども支援を。

妻が遺した一枚のレシピ

発行日　二〇一五年八月二十四日　第一刷発行

著者　山田和夫
編集人 発行人　阿蘇品蔵
発行所　株式会社青志社
〒一〇七-〇〇五二　東京都港区赤坂六-二-十四　レオ赤坂ビル四階
（編集・営業）電話　〇三-五五七四-八五一一　ファックス　〇三-五五七四-八五一二
http://www.seishisha.co.jp/

印刷　太陽印刷工業株式会社
製本　東京美術紙工協業組合

ISBN 978-4-86590-012-5 C0095